Illustration❖TCB

「それ、美味い？」
そうエルに尋ねられたわたしは、
先程の恋が叶うという話をなんとなく意識してしまい、
口から離さないままこくりと頷く。
するとエルはそのまま顔を近づけてきたかと思うと、
なんとぱくりとわたしが咥えていた棒クッキーを齧った。

家から逃げ出したい私が、うっかり憧れの
大魔法使い様を買ってしまったら
2
著❖琴子
イラスト❖TCB

エルヴィス・バーネット
最低最悪の性格のせいで魔法を封印され子供の姿にされた『大魔法使い』。魔法によって口止めされているため、正体を明かせない。元の姿に戻るカギは——。
ジゼル・ハートフィールド
伯爵家に引き取られ、虐げられながらも『やさしい大魔法使い』という絵本を心の支えに健気に生きる少女。家から逃げ出すため、ムキムキの青年を買うはずが、なぜかエルヴィスを買ってしまい……。

STORY & CHARACTERS

If I, Thinking of running away from home, unexpectedly bought the great wizard...

12歳で伯爵家に引き取られたジゼルは、義母や妹に虐げられながらも、持ち前のポジティブさと亡き母に貰った『やさしい大魔法使い』という絵本を支えに暮らしていた。

そんなある日、妹の身代わりに変態侯爵に嫁がされることを知ったジゼルは、家から逃げ出す計画を立て始める。

しかし奴隷市場でうっかり年下の美少年を買ってしまったジゼル。

エルヴィスと名乗った少年は、美しい見た目とは裏腹に、ジゼルをクソガキと呼び、その上態度も口もとんでもなく悪い。

実は彼こそ、最低最悪の性格のせいで魔法を封印され子供の姿にされた『大魔法使い』だった――！

そうとは知らず、突然同い年くらいに成長したエルとともに、ジゼルは魔法学園へ入学するのだが……。

ユーイン

エルヴィスの古い知人にして、よき理解者。かつては同じところに住んでいたことも。

クラレンス

クライドと行動を共にするメガネくん。でもメガネを外すとイケメンに!?　ジゼルに対してはエラそうだが、エルヴィスの下僕。

クライド・ランチェスター

この国の第三王子。魔法学園でジゼルの同級生に。

CONTENTS

第四章

いつか終わりがくるのなら

長いようであっという間だった夏休みが終わり、新学期が始まった。

久しぶりに顔を見たクラスメイト達は、真っ黒に日焼けしていたり髪を切っていたりと、なんだか雰囲気が変わっていて新鮮だ。

「クライド様、おはようございます」

教室に入り一番最初に目が合ったのは、クライド様だった。

「おはようございます、ジゼル。先日はありがとう」

「いえ、こちらこそ」

クライド様とはガーデンパーティーの後、何度か手紙のやり取りをしたけれど、彼はやはり忙しいようであれ以来会えずじまいだった。

王族というのはきっと、わたしが想像している以上に大変なのだろう。

「あの、何かわたしにできることがあれば、何でも言ってくださいね」

できることがあれば、息抜きの手伝いくらいはしたいと思ってしまう。

そう伝えたところ彼は形の良い瞳を一瞬だけ、驚いたように見開いたけれど。すぐに眉尻を下げ、困ったように微笑んだ。

「ありがとうございます。ぜひ、頼らせていただきますね」

「はい」

そうしてわたしは次に、そのすぐ後ろにいたクラレンスに視線を向けた。

「クラレンスも、おはよう。久しぶりだね」

「……ああ」

先日、ケーキを食べに行って以来、久しぶりに会った彼はあの分厚いメガネをかけていて、メガネくんに戻ってしまっていた。その上、何故だか素っ気ない気がする。

少しは仲良くなれたと思っていたのに、再び嫌われてしまったのだろうか。

その後、エルにこっそりと相談してみたところ「へえ、賢い選択だな」と言われてしまい、どういう意味なのか聞いても、さっぱり教えてもらえなかった。

「学園祭って、何をするのかな」

そして昼休み、リネとエルと共に学食でお昼を食べていたわたしは、ふとそんな疑問を口にした。

先程注文の列に並んでいると、前にいた女子生徒達が楽しそうに、再来月に行われるという学園祭の話をしていたのだ。

「二・三年生は、お店を出したりするみたいです。一年生は劇、歌や踊りを披露するんだとか」

「そうなんだ。とっても面白そうだね、エル」

「は、どこがだよ。だる」

「もう」

エルは今日、いつもよりも更に気怠げで元気がない。

夏休みの間ずっと、めちゃくちゃな生活リズムで過ごしていたせいで、久しぶりの早起きはかなり辛かったらしい。それでもちゃんと登校してきてくれたことに、ほっとする。

自業自得とは言えなんだか可哀想で、セットのデザートのプリンをあげた。

「何をやるかは、クラスごとに決めて良いそうですよ。一番評価が高かったクラスには、豪華な賞品もあるんだとか」

「なるほど……！　それはやる気が出ちゃうね」

「歌になったら、お前は出ない方がいいな」

「ひ、ひどい」

話の流れ的に、そう言われる気はしていた。いつもエルはわたしのことを音痴だと言うのだ。

自分ではそんなに下手だとは思っていないのだけれど、もしかすると実は本当にかなり下手な方だったりするのだろうか。怖くなってきた。

「でもわたし、踊りは少し得意なんだよ。お母さんが踊り子だったから、小さい頃からよく教えてもらっていたの」

「そうなんですか？　きっとジゼルが舞う姿は、妖精のように可憐で素敵なんでしょうね。ぜひ、見てみたいです……！」

そう言ったリネは何故か、うっとりとした表情でわたしを見つめている。

数年まともに身体を動かしていないから今はあまり自信はないけれど、母はいつも「ジゼルは私よりも才能があるわ」と言ってくれていたことを思い出す。

「劇も楽しそうだし、ワクワクしてきちゃった」

「私もです。準備にも結構時間がかかるようなので、来週あたりには話し合いがされるんじゃないでしょうか」

「劇なら、動物の役とかやりたいな」

「何を言っているんですか、ジゼルは主役に決まっているでしょう」

「ええっ、無理だよそんなの」

「ジゼルはきっと、どんな衣装でも似合うでしょうね。腕が鳴ります……！」

全く話を聞いてくれないリネは、謎のやる気に満ちているようだった。

◇◇◇

「エルはやっぱり、なんでも似合うね」

「なんだよ急に」

その日の放課後、わたし達は本とお菓子を持っていつもの桜の木の下へとやってきていた。今日は暑すぎず、時折心地よい風が吹いていて、とても過ごしやすい。

わたしはこの木が好きで、桜が散り新緑の葉に生え変わった後もよく来ている。

「制服姿は久しぶりに見たけど、かっこいいなあって思って」

「当たり前だろ」

「ふふ」

エルがそう言っても、事実すぎて嫌味にもならない。

さらさらと柔らかな銀髪が風に揺れており、その横顔は息を呑むほどに美しかった。

「学園祭も、本当に楽しみ」

「へえ」

「わたしね、こんなに明日が、この先が楽しみになる日が来るなんて思ってなかったんだ」

「あっそ。……良かったな」

わたしのこの先の人生は、あのまま伯爵家で孤独に過ごし、両親が決めた相手と政略結婚をして、何となく過ごしていくだけだと思っていた。

だからこそ、こうしてエルや友人達と共に毎日を楽しく過ごせているこの生活が、奇跡みたいに思えてしまう。

エルに「良かったな」と言われ嬉しくなったわたしは、肩と肩がくっつくくらいの距離まで近づくと、エルが読んでいる本をひょいと覗いてみた。

「なに読んでるの？」

「古代魔法についての本」

「難しそうだね。ねえ、声に出して読んでみて」

「は？　何でだよ」

「おねがい、どんなことが書いてあるか気になるもん」

この本に書かれている文字は魔法語学という授業で扱っており、わたし達は古代文字を覚えるところから始めているところだ。

もちろん、エルはすらすらと読めているらしい。

何度かお願いすると、エルは「少しだけだからな」と言い、声に出して読み始めた。

それも読んでいた場所からではなく、わたしがわかりやすいように最初から読んでくれている。

そんなところも大好きだと、今日も思う。

「……エルの声、好きだなあ」

あたたかい日差しの中で、わたしは今日も幸せだなと思いながらそっと瞼を閉じ、彼の声に耳を傾けたのだった。

「……える……？」

「お前、どんだけ寝てんの」

ゆっくりと瞼を開ければ、エルの整いすぎた顔がすぐ真上にあって。ぼんやりときれいだな、なんて思っていると、すぐに彼の呆れたような声が降ってきた。

「頭、重いんだけど」

「えっ」

そしてようやく、自分がエルの膝の上で眠ってしまっていることに気が付いた。俗に言う、膝枕というやつだ。

どうやらわたしはエルの声が心地良くて、聞いているうちに寝落ちしてしまっていたらしい。読んで欲しいと自分から頼んでおきながら眠るなんて、最低すぎる。

慌てて飛び起きれば、既に空は茜色に染まっていた。

わたしは一体、どれくらいの時間眠ってしまっていたのだろう。なんだか以前にも、こんなことがあった気がする。

「いきなり寝始めたかと思えば肩にもたれかかってきて、うんうん言いながらずり落ちてった結果、こうなった」

「ご、ごめんなさい……」

「なんで俺がお前に、膝枕なんかしなきゃならないんだよ」

「本当にすみませんでした」

「すげえ見られてたし」

「うわあ……」

この道は人通りは多くないものの、通りかかった人々にこんな姿を見られていたかと思うと、恥ずかしくて仕方なかった。

エルだって膝の上にわたしが寝転がり、爆睡している状況なんて恥ずかしかったに違いない。それなのに彼は今日も、そんなわたしを起こさずにいてくれたのだ。

今日もエルが好きすぎて胸が苦しい。

「エル、本当にごめんね。それとありがとう。あ、そうだ！　わたしの膝でよければ、いくらでも貸してあげるからね」

「バカか」

鼻で笑うと、エルは「腹減った、さっさと帰るぞ」と立ち上がった。

わたしもすぐに立ち上がり彼の右側に並べば、彼は何も言わず、当たり前のように右手で持っていた本を左手に持ち替えていて。

そんな彼を見たわたしは、つい頬が緩んでしまうのを堪えながら、大好きな彼の右手をぎゅっと摑んだのだった。

◇◇◇

「わ、わたしが主役なんて無理です！　演技なんてやったこともないですし……」

「僕だってないですよ。大丈夫、一緒に頑張りましょう」

そう言ってクライド様はわたしの手を取ると、眩しすぎる笑みを浮かべた。彼ならさらりと演技もこなしてしまいそうだけれど、わたしには全く自信がない。

——新学期が始まって、一週間が経った。

先程行われたクラス内での話し合いの結果、学園祭の出し物は劇に決まったのだ。

題材は、想い合っているものの対立している国同士の王子と姫が、色々な障害を乗り越えて幸せになるお話らしい。

そしてクラスのみんなの投票によって、主役である王子様役はクライド様に、その相手役となるお姫様役はわたしになってしまったのだ。

クライド様が選ばれるのはもちろんわかる、彼は王子様の中の王子様なのだから。けれどわたしに、お姫様要素なんて間違いなくないだろう。

どうしてこんなことに。

「とにかく、練習頑張ります……」

「僕でよければ、いつでも練習に付き合いますよ」

「ありがとうございます、本当に本当にお願いします」

とにかく、既に決まってしまったものは仕方がない。やれるだけのことはやろうと、わたしは気合を入れた。


「いかないで！　あなたをあいしているんです」

「下手にも程があるだろ」

「……だよね」

それから二週間後、台本を片手にわたしは今日も自室で演技の練習をしていた。

けれど一番の見せ場でもある切ないシーンが、どうしても上手くいかないのだ。他は割と上手くできている気がするのに。

そんなわたしを見て、ソファに偉そうに腰掛けているエルは鼻で笑っている。

ちなみにエルは、是非劇に出て欲しいと言われていたものの「絶対に嫌だ」と突っぱね、結局魔法を使ってステージ上を演出する係になっていた。

実はわたしはこっそり、王子様役をエルに投票していたから残念だ。

「ジゼル、大丈夫ですよ。まだ時間はありますから」

「リネ、ありがとう」

そして今日は、小さい頃から演劇をよく見に行っているというリネも、監督係として手伝いに来てくれている。

演劇経験があるというクラスメイトの子には、とにかく役になり切ることがコツだと言われたけれど、わたしの役であるリリアナ姫の気持ちなんてさっぱりわからない。

大切な家族や友人など、何もかもを捨てていいと思えるくらいに誰かを好きになるなんて、想像もつかなかった。

それをリネに伝えたところ「なるほど、わかりました」と彼女は頷いた。

「周りの方と、置き換えてみるのはどうでしょう。ジゼルが一番大切な方はどなたですか？」

「エルだよ」

そう即答すれば、エルには何故か「本当、恥ずかしい奴だな」と言われてしまった。わたしは全然恥ずかしくないのに。

「では、アレン王子をバーネット様だと思ってやってみませんか？　バーネット様と離れ離れになることを想像してみれば、少しはリリアナ姫の気持ちになれるかと」

「エルと、離れ離れに……」

言われた通りにそんなことを少し想像してみただけで、心臓が痛いくらいにぎゅっと締め付けられた。エルと離れ離れになるのは、わたしにとって何よりも怖くて、辛い。

リリアナ姫も、こんな気持ちだったのだろうか。

「バーネット様、ジゼルの前の台詞を読んでみてくれませんか？　『もう、君とは会わない』だけでいいので」

「……一回だけだからな」

リネ監督の勢いに気圧され、エルも渋々頷いてくれる。わたしは彼の隣に移動すると「では、お願いします」と告げた。

「もう、お前とは会わない」

なんだか台詞と違うけれど、余計にその言葉はぐさりとわたしの胸に突き刺さった。いつかエルにこんなことを言われたら、わたしは二度と立ち直れない気がする。

そんな気持ちを胸に、わたしはエルの透き通った瞳をしっかりと見つめた。

「行かないでください！　……貴方を、愛しているんです」

そして気が付けば、自分でも驚く程に切なげで、縋るような声が口から溢れていた。少しだけ、この時のリリアナ姫の気持ちがわかった気がする。

上手くいったのが嬉しくて、わたしは思わずエルの肩を揺さぶった。

「ねえねえ、今の絶対良かったよね！　……エル？」

「こっち見んな」

「えっ」

「あっち行け」

「ええっ」

てっきり少しくらい褒めてもらえるかと思ったのに、何故かわたしから顔を背けるエルによって、ソファから押し出されてしまう。何か変だっただろうか。

「今この場にいられることを神に感謝します……ありがとうございます……幸せです……」

そして何故か、感動したように瞳を潤ませるリネ監督からもこれ以上ないＯＫが出て、安堵する。

なんだかいける気がしてきたわたしは、それからより一層、練習に励んだのだった。

◇◇◇

「どうしたの……？」

そんなある日の昼休み、リネと共に昼食を終えて教室へと戻ってくると、教室の隅には小さな人だかりができていた。

その中心に座る女子生徒は大きな目を真っ赤に腫らし、泣き続けている。

心配になり慌てて駆け寄れば、泣いていたのはレベッカちゃんだった。彼女は明るくて可愛くておしゃれで、わたしも過去に色々とアドバイスをしてもらったことがある。

「レベッカ、恋人と別れたそうなんです」

「えっ……」

「もう二度と会わないって、言われたらしくて」

泣き続ける彼女の代わりに、近くにいたミーシャちゃんが説明をしてくれる。彼女からは以前、恋人の話も聞いたことがあった。

大切な幼馴染みで恋人になれて嬉しい、彼が大好きだと言っていたのに、どうして。

「……っ好きだなんて、言わなければよかった」

──そうしたら、今もずっと、一緒にいられたかもしれないのに。

彼女のそんな言葉に、わたしはがつんと頭を殴られたような衝撃を受けていた。

誰かに好きだと伝えることは、何よりも素敵なことだと思っていた。だからこそ、それが別れに繋がることもあるなんて、わたしは思いもしなかったのだ。

「ごめんね。みんな、話を聞いてくれてありがとう。やっぱり、今日はもう帰るね」

そう言って、ふらふらと教室を出て行く彼女を皆で見送ったものの、心配で落ち着かない。

「あんなに仲良さそうだったのに……」

思わずそう呟けば、ミーシャちゃんは眉尻を下げ、困ったように微笑んだ。

「ジゼル様、恋なんていつかは終わるものですよ」

「そう、なの？」

「はい。永遠の愛なんて、おとぎ話の中だけです」

恋にはいつか、終わりが来てしまう。その言葉もまた、わたしにとってかなりの衝撃であり、ショックでもあった。

「そもそも平民の私達なんて特に、こんな年齢で好き合ったって、うまく行くほうが稀よね」

「確かにうちのママも、初恋相手とは上手くいかなかったって言ってたなあ。パパは三番目に好きになった相手だって」

「あたしのお姉ちゃんも恋愛結婚したけど、すぐに浮気されて別れていたわ。最近は、離婚率も上がっているんだってね」

そんなクラスメイト達の会話を聞きながら、わたしは本当に何も知らないのだと思い知っていた。同い年のはずのみんなが、わたしよりもずっと大人びて見える。

そして、誰かを好きになるのが怖いと、初めて思った。

◇◇◇

「どうした」

「えっ？」

「キノコ生えそうなくらいジメジメしてるぞ、お前」

その日の放課後、わたしはいつものようにエルの部屋を訪れたものの、ただ彼の隣に座ってぼんやりとしていた。

いつもうるさいくらいに喋っていたわたしが、あまりにも静かだったせいだろう。流石の彼も心配してくれて、声を掛けてくれたらしい。

「……恋ってね、ほとんどがいつかは終わるんだって」

「は？」

「なんかね、すごくショックだったの。ロマンス小説はみんな、結婚して幸せハッピーエンドって感じで終わるものばかりだったし」

そうして先程聞いた話をかいつまんで話せば、エルは「くっだらな」と鼻で笑った。酷い。

「レベッカちゃんもあんなに幸せそうだったのに……幼馴染みって関係も崩れちゃって、二度と会わないって言って別れちゃうなんて、悲しすぎると思わない？」

「知るか」

「……わたしも好きになったりしなければ、エルとずっと一緒にいられるよね？」

不安になりながらもそう尋ねると、何故かエルの表情はみるみるうちに、不機嫌なものへと変わっていくのがわかった。

「は？　なに？」

「えっ」

「あれだけ俺のことが好きだとか言っておいて、今更好きじゃないとでも言うのかよ」

「えっ、ち、ちがうよ！　恋愛の好きってこと！　エルのことはもちろん、家族として大好きだよ。世界一好き」

慌てて否定したものの、エルは更に苛立ったような様子を見せ、整いすぎた顔を近づけてくる。

「へえ？　お前は俺を、そういう好きにはならないと」

「な、ならないよ」

「他の奴のことは？」

「えっ？　たぶん、ならないけど」

そう答えた瞬間、わたしの両頬はエルの片手によってぎゅむっと鷲掴みにされていた。今のわたしは、間違いなくタコのような不細工な顔になっているに違いない。

「なんだよ、多分って」

「ふぉえ」

「むかつく」

その上、彼は不機嫌を超えてもはや怒っているらしく、思いきり睨まれてしまった。

「な、なんれ、うかつくろ？」

「知るか」

「ほんなこほ、ひはれへも……」

「とにかく、お前が悪い」

自分でも何を言っているかわからないのに、よく伝わるなと妙に感心してしまう。

やがて顔から手が離されたかと思うと「バカじゃねえの」なんて言い、エルは続けた。

「お前が俺以外を好きになるとか、許すわけねえだろ」

「……えっ」

よくわからないけれど、なんだか今、ものすごいことを言われた気がする。

「ど、どうして……？」

「いえ、そういうわけでは……」

「文句あんのかよ」

「返事は」

「えっ？」

「返事は？」

「わ、わかった」

慌てて頷きながらそう答えれば、彼は満足げにいつもの意地の悪い笑みを浮かべ、わたしの長い髪をくるくると指に絡めた。

どうやら最近のエルの、機嫌のいい時の癖らしい。

「その代わり、死なない限りは一緒にいてやってもいい」

「しない、かぎり……？」

「ああ」

そうしてわたしからぱっと離れると、エルは何事もなかったかのように再びお菓子を食べ始めた。本当に、訳がわからない。死なない限り、なんて物騒な言葉が突然出てきたのも謎すぎる。

もしかして、今のはやきもちの一種なんだろうか。

これだけ一緒にいるのだ、エルはわたしのことを所有物のように思っているのかもしれない。おもちゃを他人に取られて怒る子供、に近いような気がする。

とは言え、エルの機嫌も直ったようだし、これからも一緒にはいてくれるようで。まあいいかなんて思いながら、わたしはエルの肩に頭を預けたのだった。

◇◇◇

「今日ね、放課後クライド様に演劇の練習に付き合っていただくんだけど、良かったらリネも来てくれない？」

「……あっ、はい。もちろんです」

笑みは浮かべているものの、いつもよりも元気がないようで。心配になり何かあったのかと尋ねると、リネはきょろきょろと周りに人がいないのを確認した後、口を開いた。

「実はさっき、知り合いの先輩から聞いたんですが、三年後期でやるはずの魔物討伐実習を、二年後期でもやることになったらしいんです」

「そうなの？」

「はい。もしかして、先日あんな場所に魔物が出たことが関係しているんでしょうか……？　そう思うと、何だか怖くて」

先日リネの家に遊びに行った際、都市部にも拘わらず、魔物が現れたことを言っているのだろう。あれほどの出来事ならば大騒ぎになってもいいはずなのに、その話を他からは聞くことはなく、わたしも違和感は感じていたのだ。間違いなく、隠されている。

「それに、先日はバーネット様に頼り切りで何もできませんでしたし、私ももっと攻撃魔法を練習しようと思ってるんです」

「攻撃魔法を……」

リネは水魔法使いで、Sクラスなだけあってかなり魔力量も多く、才能もあるようだった。

一方、わたしの光魔法は攻撃には向いていない。未だに眠っているらしい火魔法は、ある程度まで光魔法を使いこなせるようになってから起こすのがいい、と言われていたのだけれど。

光魔法の方も馴染んできたし、そろそろ起こしてみてもいいような気もする。そう思ったわたしは、演劇の練習が終わったあとエルに相談してみることにしたのだった。

「君さえいてくれれば、もう何も望まない」

「アレン様……」

「一生君を、リリアナだけを愛している」

「…………」

「……ジゼル？」

「あっ、す、すみません！」

そして放課後になり、クライド様と演劇の練習をしていたわたしは、彼の迫真の演技に圧倒されてしまっていた。

リリアナと呼ばれていても勘違いをしてしまいそうになるくらい、彼の声も瞳も、表情も何もかもが、愛していると訴えかけてくるのだ。

クライド様は王子という立場ではなかったら、俳優として大成していただろうと本気で思った。

「少し休憩しましょうか」

「はい、すみません」

お言葉に甘え、近くにあった椅子に並んで座る。

少し離れているところに座っていたリネにも声を掛けたけれど、自分はここでいいと言って譲らない。そして何故かその手には、以前見かけたスケッチブックがあった。

「クライド様、本当に演技がお上手ですね。思わずドキドキしちゃいました。役になりきるって、難しくて……」

「ありがとう。とは言え、僕は本気も混ざってますから」

「えっ？」

「君のことがいいな、好きだなって気持ちがあるから、役に入りやすいのかもしれないですね」

なんとクライド様はそんなことを、恥ずかしげもなくさらりと言ってのけた。

驚きを隠せず、その整いすぎた顔を見つめることしかできないわたしに、彼は尚も続ける。

「ジゼルも僕のことを好きになってみては？　きっと、演技も上達しますよ」

わたしの髪をそっと一束掬い、ふわりと微笑んでみせた彼はまるで、絵本の中から出てきた王子様のようだった。

冗談だとわかっていても、この状況でときめかない女性はいないだろう。

例に漏れずしっかりときめいてしまったわたしは、まっすぐに彼から向けられる視線に耐えきれず、慌てて俯いた。リネの声にならない悲鳴が、背中越しに聞こえてくる。

「わ、わたしとクライド様では、釣り合わないですし」

「君が僕のことを好きになってくれるのなら、それくらい全力でなんとかしますよ」

言うことがいちいち、格好良すぎる。反則だと思う。

ひどく戸惑い、落ち着かないわたしとは裏腹に、クライド様の形のいい唇には穏やかな笑みが浮かんでいる。

「劇の間くらいは、どうか僕だけを見てくださいね」

それからわたしはクライド様を直視することができないまま、その日の練習は終わりとなった。

◇◇◇

その後わたしは、二人と別れ男子寮のエルの部屋へとやって来ていた。

本当に、先程のクライド様は心臓に悪かった。彼の演技とスター性だけで、劇はもう成功する気がする。わたしなんて、誰も見ないような気さえしてくるのだ。

ソファでだらだらとしていたエルの隣に座ると、わたしは早速火魔法について相談してみた。

「……まあ、そろそろいいんじゃねえの」

「本当？　どうしたらいい？」

「ユーインに言え」

「えっ？」

「あいつは起こすのが得意だから」

そんなことまでできるなんて、ユーインさんは一体何者なのだろうか。ずっと気になってはいたものの、なんとなく深く聞いてはいけない気がしていた。

たとえ尋ねてみたところで、いつものように「内緒です」と爽やかに微笑まれ、終わりのような気もするけれど。

「つーかいきなり起こしたいなんて、どうしたんだよ」

「攻撃魔法を覚えたいなと思って。なんか最近、色々と物騒みたいだし」

「へえ、お前にしてはいい判断だな」

何故かエルに褒められてしまい、嬉しくなる。とにかく、近いうちにユーインさんにお願いしてみようと思う。

そう決めたわたしは先程から、ずっと気になって仕方がなかったことを尋ねてみることにした。

「……ねえ、なんかエル、近くない？」

そう、なんだか彼との距離が近いのだ。物理的に。

それもエルしか好きにならないという、謎の約束をしてからな気がする。今だって、彼の片腕はわたしの首元に回っているせいで、ぴったりとくっ付く形になっていた。

「文句あんのかよ」

「ない、けど」

「そもそも、いつもくっ付いてくんのはお前の方だろ」

それはそうだけれど、なんというかこちらからくっ付くのと、エルの方から距離を詰められるのでは大きく違うのだ。

落ち着かなくて、ソワソワしてしまう。

「もしかしてお前、照れてんの？」

「ま、まさか！　違うよ」

「だよな、お前は俺のこと好きにならないらしいし」

エルはそう言って、ひどく意地悪い笑みを浮かべた。

そんな彼は最近、その言葉をよく口にする。何故かはわからないけれど、多分、いや間違いなく根に持っているようだった。

「じゃあエルは、わたしのこと好きになる可能性あるの？」

売り言葉に買い言葉でそう尋ねてはみたものの、いつものように「バカじゃねえの」と返ってくると思っていたのに。

「ああ」

「えっ？」

「あるかもな」

彼は表情を変えずに、そう言って。予想もしていなかった答えに、わたしの口からは間の抜けた声が漏れてしまう。

「えっ、ほんとに……？」

「さあ」

「どっち？」

「お前次第」

「い、意味わかんない」

結局、それからは何を尋ねても「さあな」という言葉しか返ってこなかった。訳がわからない。

きっと、いつものようにエルにからかわれているに違いない、のに。

そうわかっていても何故か、わたしの心臓はそれからしばらく落ち着いてはくれなかった。

◇◇◇

「わあ、ジゼル様ってすごく細いんですね」

「そうなの？」

「はい。なのに出るべきところは出ていて、羨ましいです」

「そ、そう……？　ありがとう」

学園祭まで、残り一ヶ月弱。

そんな今日の放課後は、演劇用の衣装やセットなどを作るため、クラスメイトのほとんどが教室に残り、作業をしていた。

もちろんエルは「眠い」なんて言い、さっさと帰ってしまった。けれど何故か、そんな彼を責める人は誰もいない。

クラスの中で、彼は謎の地位を確立していた。

一方わたしはというと、衣装作りの為に採寸をしてもらっていたけれど、こうして色々と測ってもらうのは初めてだった。

一応は貴族令嬢だというのに、オーダーメイドのドレスなど着たことがなく、いつもお安めの既製品だったからだ。

最近は結構食べているつもりだったけれど、まだ細い方らしい。貧乏時代のせいで、胃が小さめなのかもしれない。

「衣装のデザインはリネが頑張ってくれましたので、私も頑張って作りますね」

「うん、楽しみにしてるね」

そう言ってくれた彼女は、裁縫が得意なんだとか。皆、特技があって素敵だなと思う。周りがこんなにも頑張ってくれているのだ、わたしも頑張らなければと気合を入れる。

その後は、演劇に出演するメンバーで別の教室で合わせ練習を行い、気が付けばあっという間に夕方になっていた。

今日はあまりエルとお喋りできなかったし、夕飯まで彼の下に遊びに行こうかな、なんて考えながら寮へ向かって歩いていると、廊下の角でばったりクラレンスと出会(でくわ)した。

「お疲れ様！　作業はもう終わったの？」

「……ああ」

クラレンスは確か、大道具担当だったはずだ。彼は相変わらず、わたしと目を合わせようともせず、素っ気無い態度で悲しくなる。

「ごめんね、わたし何かしたかな？」

「…………？」

「また、嫌われちゃったみたいだから」

思わずそう尋ねれば、何故かクラレンスは深い溜め息を吐き、若草色の長めの前髪を片手でくしゃりと掴んだ。

「嫌いな訳、ないだろう」

「本当に？」

「ああ、本当だ。その、不快にさせたなら済まなかった」

「ううん、良かった」

ほっとして思わず笑みが溢れると、彼は少しだけ困ったような表情ではあったものの、小さく口角を上げてくれた。

「あ、そうだ。今度ユーインさんに会ったら、お願いがあるから会いたいって伝えてくれないかな。いつもいきなり現れるから、こっちから連絡が取れなくて」

「ユーインに？　何の用なんだ」

「わたしの眠っている火魔法を、起こしてもらいたくて」

そう答えれば、クラレンスは少しだけ悩むような様子を見せた後、口を開いた。

「……俺が、やってやろうか」

「えっ？」

「それくらいなら俺にもできる」

「ええっ、本当に？」

ユーインさんだけではなく、クラレンスまでできるなんて、とわたしは驚きを隠せない。神殿に勤めているような、すごい人にしかできないのだと思っていた。

けれどよくよく考えれば、わたしが知る限りでも二人はかなりすごい魔法使いなのだ。それくらいできても、不思議ではなかった。

「起こした後、ひどい眠気に襲われたり体調が悪くなったりすることもある。それらを考えた上で、いつがいい？」

「うーん、明日は週末で学校も休みだし、今日にでもお願いしたいくらい。時間って結構かかるの？」

「いや、すぐに終わる」

今日は彼も時間があるらしく、折角だからとこの後すぐにお願いすることにしたのだった。

◇◇◇

「……もう終わり？」

「ああ」

そのまま眠っても大丈夫なように、わたしの部屋にてお願いしたのだけれど、心臓辺りにクラレンスが数分間手を翳したただけで、あっという間に終わっていた。

けれど確かに、身体の奥に沈んでいた何かが引っ張り上げられていくような、そんな不思議な感覚がした。

「起こしたばかりなのに、よく馴染んでいるな。お前の親は魔法使いか？」

「えっ？」

「親が同じ属性持ちだと、馴染んでいることが多いんだ」

「そうなんだ……」

馴染む、という言葉の意味はよくわからなかったけれど、どうやら良いことらしい。父は魔法を使えないし、母から魔法を使えるという話を聞いたこともなかった。

「もう、これで火魔法が使えるの？」

「そのはずだ。小さな明かりをつけるようなイメージで、手のひらから火を出してみろ」

クラレンスはそう言うと、ぽわっと自身の手のひらから小さな炎を出して見せた。彼は火魔法使いなのだ。

今度攻撃魔法なんかも教えて貰えないかな、と思いつつ言われた通りにしてみたのだけれど。

「う、わわっ……!?」

突然、上に向けた手のひらから炎が噴き出し、天井にまで届きそうなその勢いに、思わず慌ててしまう。

そんなわたしを後ろから支えると、クラレンスはわたしの手のひらを、自身の手のひらで覆った。

「お前は魔力量が多いんだな。落ち着け、ゆっくりと炎を小さくするイメージをすればいい。俺も手伝うから」

ひどく、落ち着く声だった。重ねられた手のひらから、温かい何かが流れ込んでくる。

やがて炎は少しずつ小さくなっていき、わたしは安堵の溜め息を吐いた。

「ほ、本当に使えた……！　ありがとう、クラレンス」

「ああ。少しずつ練習したほうがいい。光魔法と違って扱いを間違えれば、怪我をすることもあるからな」

「うん！　そうするね、本当にありがとう。今度お礼をするから、何かして欲しいことがあったら言ってね」

ぴったりすぐ後ろにいた彼を見上げれば、思ったよりも顔が近くて驚いてしまう。クラレンスも同じだったようで、彼は突然飛び退くようにしてわたしから離れた。

そしてそのまま「か、帰る！」と言い、窓ではなくドアから出て行ってしまった。ここは女子寮だけれど、大丈夫だろうか。

なんだか疲れたわたしは、そのままベッドに腰を下ろした。

「……クラレンス、あったかかったな」

以前、牢屋の中でも思っていたけれど、火魔法使いは体温が高いというのは本当だったらしい。

一方、エルはいくつも属性を待っているけれど、最近の彼は氷魔法を主に使っているせいか、体温は低めだった。

わたしも火魔法を使っているうちに、体温が高くなったりするのだろうか。そうしたら、人一倍寒がりなエルの手を温められるのに、なんて思っていた時だった。

「冷たくて悪かったな」

そんな声に振り向けば、窓には不機嫌そうな表情を浮かべたエルが腰掛けていた。

「びっくりした！　いつからいたの？」

「お前らがベタベタしてる時から」

「べたべたなんて、してないよ」

エルは「してただろ、クソバカ」なんて言うと、ベッドに座るわたしの隣へと来て、どかりと座った。

「わたしね、火魔法が使えるようになったんだよ」

「へえ、良かったな。クラレンスはすごいってか？」

「どうして、そんな嫌な言い方するの？」

すごく嫌味な言い方をするエルにそう尋ねれば「お前のせいだ」と言われてしまった。最近、こんなやりとりも多い気がする。

「そもそも、俺はユーインに頼めって言っただろ」

「だってユーインさんはいつ会えるかわからないし、クラレンスじゃだめなの？」

「だめに決まってんだろ」

「なんで？」

どうしてクラレンスが駄目で、ユーインさんは良いのだろうか。その基準がさっぱりわからず、首を傾げているわたしを、エルは呆れたような表情で見つめている。

「それと、二度と部屋に男を入れるな」

「えっ、エルも？」

「バカかお前は、俺はいいに決まってんだろうが」

いきなりそんな事を言うなんて、一体どうしたんだろう。そう思っていると、それが顔に出てしまっていたらしい。

そんなわたしに、エルは咎めるような視線を向けた。

「じゃあお前は、俺が部屋に他の女を連れ込んだとしても、なんとも思わないわけ？」

「……えっ？」

もしもエルのあの部屋に、エルがわたしじゃない女の子を呼んで、二人で過ごしていたら。

そんなことを想像するだけで、何故か胸の奥が痛いくらいにぎゅっと締め付けられて、もやもやとしてしまう。

「……なんか、やだ」

「ほらみろ」

思わずそう呟けば「他人の嫌がることをすんのは駄目だって、いつも言ってるのはお前だろ？」なんて言って、エルはやっぱり意地悪く笑った。

けれど、確かに彼の言う通りかもしれない。自分でもどうして嫌なのかはわからないけれど、エルがこんな嫌な気持ちになってしまうのなら、彼の言う通りにすべきだろう。

そして先日の約束に続き、わたしは二度とエル以外の男性をこの部屋に入れない、という約束をしたのだった。

◇◇◇

あっという間に、学園祭の日がやってきた。

二日間あるうち、演劇を披露するのは二日目だ。その日の後夜祭で、結果が発表されるらしい。

クラスメイトのみんなが頑張ってくれたこと、そしてたくさん練習をしたことで、今のわたしには優勝をも狙える自信があった。

一日目の今日はリネやクラスメイトの女の子達と共に、上級生がやっている出店を回ることになっている。

もちろんエルも誘ったけれど、学園祭では出欠を取られないのをいい事に、彼は「だるいから寮で過ごす」と言い、部屋から出てきてくれなかった。

「ジゼル、たくさん買っていましたね」

「うん。エルへのお土産なんだ」

「バーネット様は本当に、幸せ者だと思います」

そしてリネは「お二人を見ていると、次々とアイデアが湧いてくるんです！」と微笑んだ。彼女は将来、服のデザイナーになりたいのだと、先日こっそり教えてくれたのだ。

彼女がいつも持っているスケッチブックには、沢山のデザイン画が描かれていた。時折、どう見てもドレスよりもわたしの顔がメインに描かれているものもあったけれど。

将来の夢があるというのは、本当に素敵なことだと思う。魔法学園に通っているのにおかしいですよね、と彼女は苦笑いをしていたけれど、そんなことは全くないと否定した。

それに彼女が考えてくれた明日演劇で着る衣装も、本当に素敵だった。きっと、リネなら夢を叶えられるはずだ。わたしも何か、そんな夢中になれるものが欲しいと思った。

やがて一通り回り終えて皆と別れると、出店で買い漁ったお菓子や食べ物を持って、わたしはエルの部屋を訪れていた。

「こら、サボり魔」

そう言って部屋に入れば、ベッドにあお向けで寝転がりながら何かを書いていたエルは「うるせ」なんて言い、わたしに視線を向けた。

彼は魔法で紙を宙に浮かせ、同じく魔法でペンを動かし、なんだか難しそうな術式のような物を書き込んでいる。

まだ魔力の扱いが下手なわたしにはそもそもできないし、仮にできたとしても間違いなく、普通に書くよりも大変なのだけれど。エルにとってはこれくらい、息をするくらいに簡単で楽なんだとか。

「何をしてたの？」

「効率良く魔法を使う方法を考えてた」

「な、なるほど……」

「カスみたいな魔力量じゃ、できることも限られてるしな」

こうして会話をしながらも、エルはサラサラとペンを走らせ続けている。

サボりを咎めようとしたけれど、想像以上にハイレベルな勉強をしていたようで、なんだか責めづらくなってしまう。

「けど、せっかくの学生生活だもん。楽しまないと損だよ」

「楽しくねえよ」

「もう」

わたしは寝転がる彼のすぐ隣に座ると、真っ白で透き通るような彼の頬を人差し指でつついてみる。エルは一瞬こちらを見ただけで、珍しく怒られなかった。

「演劇の練習も、結局最後まで出なかったでしょ」

「三つ編みの言う通りにキラキラさせときゃいいんだろ、練習なんていらねえよ」

エルと同じくリネも演出係のため、エルの指導にあたってくれることになっている。確かにエルならば、練習もいらないだろう。誰よりも完璧に演出係をこなしてくれるに違いない。

「エルの出番って、冒頭の見つめ合うシーンと、途中の戦闘シーンと、最後のキスシーンの三つだけだもんね。確かに、リネにタイミングだけ教えてもらえば大丈夫かも」

「は？」

するとその瞬間、宙に浮いていた紙とペンがエルの顔に落ちて。彼は紙とペンを振り払うと、何故かわたしを睨んだ。

「聞いてない」

「えっ？　台本読んでなかったの？」

「読んでないし、失くした。キスシーンてなんだよ」

「キスシーンはキスシーンだよ。とは言ってもこうやって両手で隠して、寸止めだし」

本番でするように両手で口元を覆って見せたけれど「ふざけんな」と怒られてしまった。思っていたよりもずっと、エルは本気で怒っている様子だ。

「そんなの、少し顔を動かしたら当たるだろ」

「それはまあ、そうだけど」

練習で一度だけやってみたけれど、確かに照れてしまうくらい、顔と顔が近かった。周りにいた生徒達も「本当にキスしてるみたい」と騒いでいたくらいだ。

とは言え、相手はあのクライド様なのだから、間違いなど起きるはずもない。

「ファーストキスが演劇っていうのも、わたしだって嫌だもん。うっかりぶつからないように気をつけるね」

「…………」

「あ、そうだこれ！　出店で買ってきたんだよ。早めに食べてね。このキャンディは人気だったし、美味しいのかな」

そう言って、買ってきたお菓子や食べ物をカバンから出した。どれか食べるかと尋ねれば、キャンディ、とだけ無愛想な返事が返ってきた。

エルに渡すのは、もちろんすぐに食べられる状態にしてからだ。我ながら甘やかしすぎている気はするものの、思ったよりもしっかりと包装されていた袋を開けていく。

そうして、手元を動かしながら今日の学園祭について話し続けていたのだけれど。

「あ、ごめんね。一個先に食べちゃった」

話に夢中になっていたせいで、袋から取り出したキャンディをつい、自分の口に入れてしまった。

ころんと舌の上で転がせば林檎のような味がして、なかなか美味しい。

そしてすぐに、もうひとつ取り出そうとした時だった。

「貰ってやろうか」

突然エルは、そんなことを言い出したのだ。

「なにを？」

「両方」

どういう意味だろうと顔を上げれば、エルはいつものように意地悪い笑みを浮かべ、わたしの口元を指差していた。

「りょうほう……？」

彼が指差しているのは、わたしの口元で。まさか、ひとつはこの口の中のキャンディのことを言っているのだろうか。

そして、もうひとつとして思い当たるものと言えば、直前の会話に出てきたあれしかない。

「わ、なっ、ななにをいいいってるの……！」

「嚙みすぎだろ」

ひどく動揺しているわたしとは裏腹に、エルはいつも通りの涼しげな表情を浮かべている。

きっと、いつもの笑えない冗談に違いない。そう思ったわたしは小さく深呼吸をした後、真剣な表情を浮かべ、エルに向き直った。

「そ、そういうことは普通、好き同士がすることです」

「へえ？　それならお前は俺のことが好きなんだし、俺もお前のことが好きだとでも言えばいいわけ？」

本当に、訳がわからない。

それに、今の言い方はなんだか少しだけムッとした。

「びっくりするから、変な冗談やめてよ」

「冗談なんかじゃねえよ」

「えっ」

軽く睨まれながらそう言われ、再び心臓が大きく跳ねた。冗談じゃないと言うのなら、一体なんだと言うのだろう。

「あの王子に奪われると思ったら、むかついた」

どうやら先程言っていたように、キスシーンでクライド様と唇がぶつからないかの心配をしていたらしかった。

だからと言って、どうしてエルとわたしがキスをするという話になるんだろう。

「でも、わたしとエルだと色々と違う気が、」

「今か後かくらいの違いだろ」

またもや、ものすごいことを言われた気がする。今しなくとも、いずれ必ずするような口振りだ。

再び動揺し始めたわたしに、彼は続けた。

「お前は俺としたくないんだ？」

「したくない、わけじゃない、けど……」

「じゃ、決まりな」

「えっ」

何もかもが極端すぎる。

けれど、今彼が発したお前「は」という言葉にまた、心臓が跳ねた。

先程は「貰ってやろうか」なんて偉そうに言っていたけれど、もしかするとエルは、わたしとしたいと思っているのだろうか。

「早く」

そしてエルは寝転がったまま、そんなことを言い出した。いつの間にか、わたしからする流れにまでなっている。

正直、動揺しすぎてよくわからなくなってきた、けれど。ファーストキスというのは一生の思い出になる、とても大切なものだと聞いている。ロマンス小説でだってそうだ。

万が一、事故でファーストキスを終えてしまっては悲しいし、いつかするのなら、その相手はエルがいい。むしろ不思議なくらい、彼以外とする想像がつかない。

そう思ってしまったわたしは、腹を括った。

「め、目を閉じてもらっても、いいですか」

「ん」

すると彼は大人しく、目を閉じてくれた。

長い髪を耳にかけ、ゆっくりと覆いかぶさるように近付いてみたものの、三十センチくらい離れた距離で、ぴたりと止まってしまう。

……やっぱり、恥ずかしすぎて無理だ。

けれど目を閉じて欲しいなんて言っておいて今更、やっぱり無理だなんて言えるはずがない。

すぐ目の前にあるエルの整いすぎた顔を見つめ、本当に綺麗だなあなんてしみじみと思いながら、現実逃避をしていた時だった。


「遅い」

その瞬間、薄く目を開けたエルによって頭をぐいと引き寄せられた。

視界がぶれた後、唇がふわりと塞がれていて。

キスされている、と理解するのにかなりの時間を要した。初めての柔らかくて温かい感触に、頭の中が真っ白になる。

けれどやがて彼の唇が僅かに開き、その途端に我に返ったわたしは、これから何が起こるか一瞬で想像がつき、慌ててエルの肩を押した。

流石にそれは無理だ。死んでしまう。

唇が離れるのと同時に、口内で小さくなっていたキャンディが、ごくんと喉を通り過ぎていった。

「まだ途中だったんだけど」

「……っ」

「ま、いいか」

顔が、燃えているように熱い。間違いなく真っ赤になっているであろうわたしを見て、エルは満足げな笑みを浮かべている。

――エルと、キスをしてしまった。

わかっていたことなのに、世界がひっくり返ってしまうくらいの衝撃だった。キスをする前にはもう、戻れないような気がした。

「お前、照れてんの？」

「う、うるさい」

「かわいい」

そんな言葉に、余計に顔が熱くなる。

エルが、変だ。普段なら絶対、そんなこと言わないのに。

「エ、エルのバカ、こんなの変だよ、おかしい」

「そうかもな」

いつもなら、わたしがバカなんて言えば、お前の方がバカだろくらいは言うはずなのに。今のエルはひどく上機嫌だった。

「次は途中で逃げんなよ」

「も、もうしないよ！　エルとわたしは家族だもん」

「あのなあ、そもそも家族ならこんなことしねえよ」

そんなこと、わたしだって本当はわかっている。

わかっていても、すんなりと受け入れられなかった。

「ほんと、バカだな」

どうして、そんなにも柔らかく笑うんだろう。いつものように小馬鹿にしたように笑ってくれないと、落ち着かない。やっぱり、今日のエルは変だった。

けれどわたしは、もっと変だ。

泣きたくなるくらいにドキドキして、恥ずかしくて死にそうなのに。今、この胸の中を一番に占めている感情は「嬉しい」だった。

「……や、やだ」

「は?」

「こんなの、やだ」

頭の中がぐちゃぐちゃで、落ち着かない。色々なものが、一瞬にして変わってしまった気がする。

やがて耐えきれなくなったわたしはそんな勝手なことを言い、逃げるように部屋の窓から飛び降りたのだった。

目を閉じて、耳を塞いで

「ジゼル、とっても綺麗です……！」

「ええ、本物のお姫様みたいですよ」

「お二人が舞台に立つだけで、優勝間違いなしだわ」

学園祭二日目。午前中の二組目に出演することになっていたわたし達は、朝から準備で慌ただしく過ごしていた。

リネを始めとしたクラスメイトの女の子達に身支度を整えてもらい、渡された手鏡を覗くと、本当に異国のお姫様のような姿をした自分が映っていた。

「わあ、本当にすごい……！」

「素材が良すぎるんですよ。クマが結構酷かったんですが、もしかして昨夜はあまり眠れなかったんですか？」

「う、うん。ちょっと緊張しちゃって……」

「そうだったんですね。ジゼル様とクライド様なら絶対に大丈夫です！　頑張ってくださいね。楽しみにしています」

「うん、ありがとう。頑張るね！」

やがて、リネ以外の子達は他の準備へと向かった。

改めて、手鏡に映る自分を見つめてみる。化粧で上手く隠してくれたようだけれど、やっぱりうっすらと目の下にはクマが見えた。昨晩、全く眠れなかったせいだろう。

改めて昨日のことを思い出すと、深い溜め息が漏れた。

キスをした直後にあんなことを言って逃げ出すなんて、本当に最低だ。

言いくるめられてしまったような気もするけれど、同意の上だったというのに。わたしがもしも逆の立場だったなら、間違いなく傷付いていただろう。

あの後部屋に戻ってからは胸がいっぱいで夕飯も食べられず、ベッドに潜り込んでじたばたとしているうちに、いつの間にか朝になっていたのだ。

未だにあの時のことを思い出すだけで、顔に熱が集まっていく。

「ジゼル、もしかして何かあったんですか？　心配です」

「……実は昨日ね、エルと、キ、キスしたの」

「えぇっ!?」

その瞬間、リネの手からはカランカランと小道具が落ちていく。そして何故か彼女は涙ぐみ、両手で口元を覆った。

「お、おめでとうございます！」
「えっ？」
「ようやく、想いが通じあったんですね……！」
「おもい……？」
「えっ？」

首を傾げるわたしを見て、リネもまた首を傾げた。そうしてお互いに「？」を浮かべながら見つめ合っていたけれど。

不意に彼女の視線がわたしの背後へと向けられ、驚いたように大きな瞳が更に見開かれる。

「おい、クソバカ」

そして聞き間違えるはずもないその声に恐る恐る振り返れば、ひどく不機嫌そうな顔をしたエルと目が合った。やはり彼の顔を見るだけで、心臓が大きく跳ねてしまう。

リネはわたし達を見比べると「わ、私、仕事を思い出しました！」と言い、慌ててどこかへ行ってしまう。待ってほしい。

エルは椅子に座るわたしの前まで来ると、じっとこちらを見下ろした。宝石のように輝くアイスブルーの瞳に見つめられると落ち着かなくなり、つい俯いてしまう。

「お前、あのタイミングで逃げるのはないだろ」
「ほ、本当にごめん」

「流石の俺でもへこむんだけど」

「ごめんなさい……」

エルの言う通りだ。本当にあれはあり得ないと思う。

とにかく謝ろうと、わたしは口を開いた。

「あのね、嫌だったわけじゃなくて、その、恥ずかしかったし、色々とパニックになっちゃったの。本当にごめんね」

「…………」

「昨日も一晩中エルのこと考えて、眠れなかったくらい」

「へえ?」

必死に素直な気持ちを伝えてみたものの、今までエルとどう接していたのかすら、全く思い出せない。普段のわたしは、どうしていただろう。

「おい、こっち見ろ」

「う」

「ジゼル」

こういう時だけ、名前を呼ぶなんて本当にずるい。わたしが断れないのを知った上で、わざとやっているに違いない。

それでも彼の思惑通りにゆっくりと顔を上げれば、何故か満足げな笑みを浮かべたエルと視線が絡んだ。理由はわからないけれど、もう怒っていないようで内心ひどく安堵した。

「そんなに俺のこと考えてたんだ？」

「うん。でもわたしは、元々エルのことばっかり考えて生きてるよ」

「……お前のそういう突然殴り返してくるとこ、嫌なんだけど」

「…………？」

殴り返すとは一体、どういうことなんだろう。

その言葉の意味がわからず、再び首を傾げていた時だった。

「ジゼル様、そろそろ移動お願いします」

「あ、はい！」

いよいよ出番が近づいて来たらしく、クラスメイトに呼ばれたわたしは、慌てて立ち上がる。

「そろそろ行かなきゃ。終わったらまた話そう？　エルも演出係、頑張ってね」

「お前こそ、頑張れば」

「うん！　頑張るから見ててね！」

まさかエルに、そう言ってもらえるなんて。嬉しくて思わず、口元が緩む。わたしは彼に手を振ると、軽く両頬を叩いて気合いを入れ直し、舞台裏へと向かった。

不思議と、上手くできる気しかしない。

今ならリリアナ姫の気持ちも少しだけ、わかるような気がした。

◇◇◇

「——永遠に愛している、リリアナ」

「アレン様、私も貴方を愛しています」

最後の台詞を言い終えるのと同時に、ゆっくりと幕が下りていく。やがて、割れんばかりの拍手が会場内に響き渡る。

一度もミスをすることなく、無事に終えられて本当に良かった。抱きしめ合ったまま安堵して思わず力が抜けたわたしを、クライド様はしっかりと支えてくれた。

「す、すみません、力が抜けちゃって……」

「いえ、大丈夫ですよ。今までで一番、良い演技でした」

「本当ですか？　嬉しいです」

見上げれば、クライド様は柔らかく微笑んでいた。

キスシーンも、何事もなくスムーズに終わった。エルと本当にキスをしてしまったことで、先日のドキドキが嘘みたいに、自分でも驚くほど落ち着いて演技できてしまった。

次のクラスの出番があるため、そろそろ舞台の上から捌（は）けなければ。そう思っているとクライド様は突然、わたしを抱きしめる腕に力を込めた。

「クライド様？」

そう名前を呼んでも、反応はない。

とくとくと、彼の胸元からは早鐘を打つ心臓の音が聞こえてくる。

「……すみません、行きましょうか」

「は、はい」

それから一分ほど経った後、彼はそっと腕を解き困ったように微笑むと、わたしの手をとって舞台袖へと歩き出した。

——一体、今のはなんだったんだろう。

落ち着いて見えたクライド様もやはり、緊張していたのだろうか。

そんなわたし達を見て、片付けをしようと待機していたクラスメイト達が皆、舞台に上がって来れずにいたと知るのは、それからすぐのことだった。

◇◇◇

控え室で衣装から制服に着替えたわたしは、教室へと向かった。

既に教室に戻っていたクラスメイト達からは「お疲れ様」「とても良かったよ！」と次々に声を掛けられ、頑張って練習して良かったと嬉しくなる。

皆にお礼を言った後、わたしはリネの下へと向かった。

「お疲れ様でした、本当に本当に素敵でしたよ！」

「ありがとう。リネが考えてくれた衣装も、素敵だったよ」

「ジゼルに着ていただけて、とても嬉しいです」

リネは涙ぐみわたしの手を取りながら、何度もお礼を言ってくれた。お礼を言うのは間違いなくこちらの方だというのに。

「あれ、エルは？」

「……ええと」

ふと教室の中を見回しても、その姿はない。

エルを知らないかと尋ねると、リネは何故か戸惑ったような表情を浮かべ、やがて気まずそうに口を開いた。

「その、演劇が終わった後もジゼルとクライド様が抱き合っているのを見て、とても怒っていらっしゃる様子でした」

「えっ」

「それで、帰ると言ってそのまま……」

確かにカーテンが閉まった後も、クライド様とは抱き合った状態のままだった。

とは言え演技の延長上のものだし、そんなにも長時間ではなかったはずだ。それでも、エルを怒らせるには十分だったらしい。

「けれど先程のジゼルの演技は、まるで本当にクライド様を愛しているように見えましたから。バーネット様がやきもちを焼いてしまう気持ちも、わかります」

「やきもち……」

やっぱり、エルがこうして怒るのはやきもちらしい。

リネが言うのだから、きっとそうに違いない。

ちらりと時計を見れば、表彰式まではまだ時間がある。わたしはそのまま、急いで彼の部屋へと向かったのだった。

いつものようにユーインさんに頂いた指輪を使い、窓からこっそりとエルの部屋へと入る。するとそこには一人ソファに腰掛けている、エルの姿があった。

そのすぐ近くには、あのキスのきっかけとなったキャンディやその包み紙が散らばっていて、少しだけ鼓動が速くなってしまったことには気が付かないふりをして、声を掛けた。

「エル、まだ学祭は終わってないよ。一緒に戻ろう？」

すぐ隣に座り、無造作に置かれていた彼の手を握る。恐る恐る「怒ってる？」と尋ねてみたけれど、返事はない。

握った手が振り払われることはないものの、エルはひどく不機嫌そうな表情を浮かべた後、わたしから顔を背けた。

「ねえ、エルってば」

「うるさい」

「エル」

「あいつがいるからいいだろ、さっさと戻れよ」

どうやら、かなり怒っている様子だった。あいつというのはきっと、クライド様のことだろう。

こうなってしまえば、わたしが下手に出続けるしか仲直りする方法はないと、過去の経験から学んでいた。

わたしがクライド様と仲良くしていたのが、そんなにも嫌だったらしい。

エルはわたしが思っていたよりもずっとずっと、やきもち焼きなのだろう。そう思うと、彼の拗ねたような横顔もとても可愛く見えた。

「嫌な思いをさせちゃったなら、ごめんね」

「…………」

「どうしたら許してくれる?」

ぎゅっときつく手を握り、その横顔を見つめる。

するとエルは目を細め、責めるような視線をこちらへと向けた。

「そんなに許して欲しいなら、機嫌でも取ってみろよ」

そんなことを言ってのけたエルは、うっかり「えっ」と驚いてしまうくらい偉そうだった。けれど彼が偉そうなのは、今に始まったことではない。

それにしても機嫌など、どうやって取ればいいんだろう。

しばらく悩んだ末、わたしはとにかく素直になることにした。

「エル、本当にごめんね。大好きだよ。一番好き」

「…………」

「早く仲直りしたいな。このままだと、寂しいもん。ごめんね」

「…………」

「わたしは、エルしか好きじゃないよ」

「…………あっそ」

するとエルは突然こちらへと腕を伸ばしてきて、わたしをぐいと引き寄せた。

大好きなエルの匂いと、林檎のような甘い香りが鼻を掠める。

「これからは常にそういう態度でいろよ、バカ」

「いつもこうだよ」

「うるさい、あいつらの前でもだからな」

あいつらとは一体、誰のことだろうか。クライド様はわかるとして、他がさっぱりわからない。

けれどとにかく、エルの機嫌が直ったようで良かった。

「あと、もう二度と劇になんて出るなよ」

「どうして？」

「演技でも何でも、俺以外に好きとか二度と言うな」

つい「えっ」と呟くと、文句でもあんのかと怒られてしまった。

演技でも駄目だなんて、やきもち焼きが過ぎる。

「ふふ、エルは本当にやきもち焼きだね」

「は？　だったら何だよ」

「ううん、嬉しいなあと思って」

その上、彼は「やきもち焼き」という言葉を否定しなかった。本当に可愛いなあと、嬉しくなる。

「ふふ、エルもわたしのことが大好きだね」

だからこそ調子に乗ったわたしは、軽い冗談のつもりでそう言った。

きっと、いつものように「バカ言うな」なんて返事が、当たり前のように返ってくるものだと思っていたのだ。それなのに。

「……そうかもな」

そんな答えが返ってきたことでわたしは、エルの腕の中で固まってしまったのだった。

◇◇◇

いま、彼は確かにわたしの「大好きだね」なんて言葉に対して「そうかもな」と呟いた。物騒なことを言ったり、泥に突っ込んだわたしを放置していた、あのエルが。

しばらく固まっていたわたしは、ゆっくりと顔を上げる。するとエルは、いつも通りの涼しげな表情を浮かべていた。

「……ほ、ほんとに？」

ようやく口から出たのは、そんな言葉で。

彼の美しい瞳に映る、ひどく間の抜けた顔をした自分と目が合った。

「どう思う？」

「えっ？　ええと、す、好きだといいな、とは……」

「なんだよ、それ」

しどろもどろになっているわたしを見て、エルは子供みたいに笑っている。

たったそれだけで、泣きたくなるくらいに心臓が跳ねてしまう。

「で？　お前はいつ、俺のこと好きになんの」

「えっ？　わたし、エルのことは大好きだよ」

「そういう好きじゃない」

「……え」

エルはそう言うと、更に顔を近づけてきた。

吐息がかかってしまいそうなその距離に、顔が火照っていく。視線を彼から逸らしたいのに、まるで魔法のように、その瞳に囚われてしまっていた。

そしてきっと、今彼が言っている「好き」は恋愛の「好き」のことなのだろう。

未だに、先日のわたしの発言を根に持っていたらしい。

「エルは、わたしにそういう好きになって欲しいの？」

「ああ」

「えっ……ど、どうして？」

「どうしても」

さも当たり前のように、エルはそう言った。これもやきもちとか、独占欲の一種なのだろうか。

「そもそもわたし、どこからが恋愛の好きなのかよくわかんないんだ。エルは違い、わかるの？」

「ああ。わかったとこ」

「わかったとこ……？」

なんだか不思議な言い方だ。けれどどうやら、彼はその違いをわかっているらしい。

少しだけ、置いてけぼりにされたような気分になってしまう。

「ジゼル」

「うん？」

「早く俺を好きになれよ」

そんな言葉に、ぎゅっと胸が締め付けられた。

どうして、エルはそんなことを言うのだろう。

形のいい唇で綺麗に弧を描いたエルが、どうしてそういう「好き」になって欲しいのか、わたしにはわからない。

けれどいつものように「返事は？」と急かされてしまい、わたしは慌てて頷いた。

――果たして今、この胸の中にあるエルが大好きだという気持ちは本当に全て、家族愛なのだろうか。一晩中考えてみたものの、やっぱりわたしにはまだわからなかった。

◇◇◇

「ジゼル、嬉しそうですね」

「はい、とても！　今は秋の果物が乗ったタルトが、とっても美味しいんですよ」

「そうなんですね。良かったら僕の分もあげましょうか？」

「えっ、いいんですか？」

「はい」

翌日の放課後、わたしはクライド様と共にクラスの代表として、学園祭での賞品を受け取りに生徒会室へとやってきていた。

昨日、なんとか機嫌が直ったエルを無理やり連れ出して参加した後夜祭にて、わたし達のクラスは最優秀賞を貰うことができたのだ。

ちなみに商品は、全員分のカフェの回数券だった。何よりも嬉しい。

「寮まで送りますよ」

「ありがとうございます」

相変わらず、クライド様は紳士だ。

そうして他愛ない話をしながら二人で歩いていると、何やら男女が揉めているような声が聞こえてきて、わたしはつい足を止める。

少し先の校舎裏にいたのは、柔らかな桃色の髪をした私服姿の女の子と、この学園の制服を着た男子生徒だった。

その若草色の髪には、見覚えがありすぎる。

「だから、お前に文句を言われる筋合いなんてないの！　私は仕事で戻って来たんだから！　放っておいてよね！」

「そうだとしても、学園に通う必要なんてないだろう」

「はあ？　うるさいわね、もしかしたらエルヴィスと会えなくなるかもしれないのよ、少しでも一緒にいたいと思うのは当たり前でしょう！」

「このクソ女、縁起でもないことを言うな！」

「うるさいわねクソメガネ！　本当のことでしょうが！」

やはり、男子生徒の方はクラレンスだった。エルヴィスという名前が聞こえてきたけれど、もしや彼女もエルの知人なのだろうか。

やがてクラレンスはわたし達の存在に気が付いたらしく、バツが悪そうな表情を浮かべた。

そして女の子もまた、ふわりとこちらを振り返る。

「わあ……」

視線がばっちりと合った彼女は、思わず息を呑むほどに綺麗だった。その美しい顔には、何故か既視感がある。

どうやらそれは向こうも同様だったらしく、わたしを視界に入れた途端、彼女は長い睫毛に縁取られた大きな目を見開いた。

「あの時、エルヴィスと一緒にいた……」

「えっ？」

「お前、エルヴィスの何なの？」

いきなりずかずかとわたしの目の前までやってくると、彼女は美しいアメジストのような瞳でわたしを睨み付けた。なんというか、美人は迫力がすごい。

そしてあの時、とは一体いつのことだろうか。やはり彼女はクラレンスだけでなく、エルの知人でもあるらしい。

「ええと、家族、みたいなもので」

「は？　エルヴィスにはそんなものいないけど」

「う、うーん……」

——わたしは、エルの何なんだろう。

ずっと家族だと思っていたけれど、今はもう胸を張ってそう言えなくなっていた。

彼女はそんなわたしに「意味がわからないわ」と言うと、今度はクライド様へと視線を向けた。

「あら、今代の王子はとっても素敵なのね」

「失礼ですが、貴女は？」

「このクソメガネの知人で、シャノンと申します」

名前まで綺麗だなあなんて思いつつ、二人が話している隙にわたしはクラレンスに近寄ると、こっそりと尋ねた。

「あの、あちらは……？」

「俺やエルヴィス様、ユーインの昔からの他人だ。いいか、あいつは本当にクソみたいな女だから、絶対に関わるな」

昔からの他人なんて言葉、初めて聞いた。

そしてクラレンスがそこまで言う彼女は一体、どんな人なのだろう。

「本当に気を付けろよ。あいつは昔からエルヴィス様を誰よりも好いていて、どんなことでもするとんでもない女だ」

「えっ」

「そのせいで、つい最近まで隣国に飛ばされていたくらいだからな」

あのとても綺麗な女の子が、昔からエルを好きらしい。

何故か胸の奥が、もやもやとしてしまう。

「シャノン嬢は何故、この学園に？」

「ふふ、明日からこの学園に編入するんです。よろしくね。で、クラレンス。私のエルヴィスはどこかしら？」

そして彼女はまるで同世代とは思えない、妖艶な笑みを浮かべた。

「フン、エルヴィス様はお忙しいんだ。お前なんぞに会う時間などない。早く帰れ女狐め」

「うっざ。まあいいわ、どうせ明日から毎日一緒なんだし」

彼女はクラレンスに向かってベーと舌を出すと、ひらひらと片手を振った後、あっという間に転移魔法で姿を消した。

流石エルやユーインさん、そしてクラレンスの知人だ。彼女もきっと、相当な魔法の使い手に違いない。

「なんだか、騒がしくなりそうですね」

苦笑いを浮かべるクライド様の言葉に、クラレンスは深く深く頷いている。

どうやら本当に彼女のことが嫌いらしい。

わたしはというと、シャノンと呼ばれた彼女が、昔から誰よりもエルを好いている、という言葉が頭から離れなくて。

なんだかそわそわして、その日は眠りにつくまでずっと、落ち着かないような気分になっていたのだった。

◇◇◇

「きゃあ、このエルヴィスかわいい！　かわいい！　んもう大好き愛してる！　やーんかわいすぎる！　かわいい！」

「…………ここは地獄か？」

翌日。前日の宣言通り、転校生としてSクラスに編入してきたシャノンさんは、エルの姿を見るなり嬉しそうに飛びついた。

とは言え、冷たい態度を取り続けているエルの風魔法によって、あまり近寄ることができずにいるようだったけれど。二人が一緒にいる姿は、なんだかとても自然だった。

「つーかお前、隣国にいたんじゃねえのかよ」

「えっ？　もしかしてエルヴィス、何も聞いてない？」

「何の話だ」

「あれ、百年くらい早まったっぽいって話」

「…………は？」

その瞬間、エルはひどく驚いたような表情を浮かべた。エルがあんなにも戸惑い、動揺しているような姿は珍しい。

「ついて来い」

「きゃっ、エルヴィスったら強引なんだから」

「黙れバカ」

もうすぐ授業が始まるというのに、エルはすぐに立ち上がるとシャノンさんの腕を引き、教室を出て行ってしまった。

そんな二人の様子に、驚いていたのはわたしだけではないようで。クラスメイト達は皆、彼らが出て行ったばかりのドアのあたりを見つめている。

そしてわたしはシャノンさんの腕を引くエルの姿を思い出しては、胸の奥が痛いくらいにぎゅっと締め付けられたのだった。

◇◇◇

結局、放課後になってもエルやシャノンさんが教室へと戻って来ることはなかった。エルはともかく、シャノンさんは転校初日だというのに大丈夫なのだろうか。

二人のことが気がかりで、わたしは一日中授業の内容なんて頭に入って来ず、ずっとぼんやりとしてしまっている。

「……エル、何してるんだろう」

どうしても気になったわたしは、校舎を出たあとまっすぐに男子寮へと向かう。

そうして、いつも通り指輪を使いエルの部屋をひょいと覗いたわたしは、中へと入るのを躊躇(ためら)ってしまった。

そこには、シャノンさんの姿もあったからだ。

「…………」

朝からずっと、二人きりでここにいたのだろうか。

そんなことを想像すると、悲しいような、むかむかするような、今までに感じたことのない感情が込み上げてくる。

——わたしにはこないだ、二度と部屋に男を入れるな、なんて言っていたくせに。

そう考えると何故か余計に、むかむかしてしまう。すると不意に、わたしに気が付いたらしいエルと目が合った。

「ジゼル？」

「……エ、エルの、ばか！」

「は？　おい」

思わずそんな言葉が口から零れ落ちた瞬間、わたしは地上へと飛び降りていた。なんだか自分が自分じゃないみたいに、気持ちや言動をうまくコントロールできない。

こんなのは初めてで、わたしは戸惑いを隠せずにいた。もしかしたら熱でもあるのかもしれない。とにかく今日は部屋に戻ってひたすら眠ろう、そう思っていたのに。

「な、なんで……」

「ふざけんな」

何故かわたしを追いかけてきたエルによって、すぐに捕まってしまった。

相変わらず、足が速すぎる。

「どうして、ここに」

「あのなあ、いきなりバカなんて言われて逃げられたら、気になるに決まってんだろ」

「……ごめんなさい」

「どうした？　何かあったのか」

エルらしくない優しい声色でそう尋ねられ、なんだか無性に泣きたくなった。

本当に、今日のわたしは変だ。

そうして、エルに手を引かれながら歩き出したわたしは、先ほど感じたことを素直に話していたのだけれど、何故か途中からエルはひどく上機嫌になっていた。

「な、なんで笑ってるの」

なんだかその姿にまた、ムッとしてしまう。

そしてそう尋ねると、エルはぴたりと足を止めてわたしを見た。

「お前、シャノンなんかに妬いてんだろ？」

「えっ？」

「かわいいとこあんじゃん」

わたしが、シャノンさんに妬いている。妬いている、というのはやきもちのことだろう。

何度も頭の中でその言葉を繰り返しているうちに、しっくりときてしまう。

「そ、そうなのかな……？」

「ああ。つーかさっきまでずっとユーインもいたし、一瞬ババアに呼ばれて戻っただけで、今頃あの部屋にいると思う」

「そ、そうなんだ」

「あからさまにホッとしたような顔して、お前ほんっとにわかりやすいな」

そんなにも、顔に出てしまっていたのだろうか。

なんだか恥ずかしくなって、わたしは慌てて俯いた。

「まあ、お前がどうしても嫌だって言うんなら、ユーインがいたとしても二度とあいつは部屋に入れないけど？」

いつものように誰よりも偉そうな態度で意地悪い笑みを浮かべ、エルはそう言ってのけた。

わたしがなんと答えるかわかっていて、聞いているに違いない。

けれど結局、わたしはその通りに答えてしまうのだ。

「……い、いやです」

「よくできました」

そうしてエルは満足げに笑うと、わたしの手を引いたまま再び歩き出したのだった。

◇◇◇

二人でエルの部屋へと戻れば、そこにはシャノンさんだけでなく、戻ってきたらしいユーインさん、そしてクラレンスの姿もあった。今日も素敵ですね」


「こんにちは、ジゼルさん。今日も素敵ですね」

「ありがとうございます」

「相変わらずエルヴィスとは仲が良いようで、安心しました」

ユーインさんは繋がれたままのわたし達の手を見ると、嬉しそうにふわりと微笑んだ。

ついエルに付いて来てしまったけれど、このメンバーを見る限り、わたしは場違いのような気がしてしまう。

「あの、わたし、もしかしてお邪魔では……？」

「邪魔に決まってるでしょ、さっさと消えなさいよ」

恐る恐るそう尋ねれば、ソファに座り長く細い脚を組んだシャノンさんが、きっぱりとそう言ってのけた。その表情はひどく不機嫌そうで、やはり妙な迫力がある。

何より、きっと彼女の言う通りだ。また後で改めて遊びに来ようと思っていると、エルはそんなわたしの手を引いた。

「シャノン」

その声は驚くほどに低く、冷たい。

「俺が連れてきたんだ、文句を言うな。お前との話はとっくに終わったことだし、お前が帰れば？」

「エルヴィス、冷たい……でもそういうところも好き……」

エルのそんな言葉を受け、シャノンさんは見るからにしょんぼりとした表情を浮かべている。

けれどすぐに、彼女はきっとわたしを睨みつけた。

「いい？　エルヴィスにほーんのちょっとだけ気に入られてるからって、調子に乗らないでよね！」

「あ、あの……」

「お前みたいな子供、手すら出されないでしょう？」

その口元には、小馬鹿にしたような笑みが浮かんでいる。

——手を出す、とは一体どういう意味なんだろう。初めて聞く表現に、わたしは首を傾げた。

少しの間色々と考えてみたけれど、やがてわたしの中で手を差し伸べるという意味かもしれない、との結論に至った。

それならば過去に、エルは池に落ちかけたわたしを助けようと、手を伸ばしてくれたことがある。

「あの、出してくれたことはあります」

だからこそ、わたしはそう答えてみた。

けれどその瞬間、その場にいた全員が何故か固まってしまう。

そしてゲホゴホと、突然クラレンスが咳き込んだ。そんなにも驚くことだっただろうか。

「は？　嘘でしょう……？」

シャノンさんもまた大きな瞳を更に見開き、ひどく驚いた様子で。彼女は焦ったようにエルに向き直った。

「エ、エルヴィス、本当なの……？　この小娘の嘘よね？」

縋るような視線を向ける彼女に対し、エルは意地の悪い笑みを浮かべると、何故かぐいとわたしを抱き寄せた。

「出したけど？」

エルのその言葉に、やはり意味は合っていたんだと安堵する。

すると同時に、シャノンさんは「嘘でしょう」と呟き、両手で顔を覆った。そのすぐ後ろでクラレンスもまた、頭を抱えている。

ユーインさんだけは、ひどく楽しそうな笑みを浮かべていた。そんなにも、驚いたり悲しんだりすることだっただろうか。

「エルヴィスにそんな、幼女趣味があったなんて……」

「ふざけんな、幼女じゃねえだろ」

「幼女どころか赤子よ、こんなの！」

シャノンさんはわたしを指差すと、そう言ってのけた。なんだか酷い言われようだ。確かに彼女はとても大人びた雰囲気はあるけれど、身体の大きさにあまり違いはないのに。

「もう、エルヴィスなんて知らない！　バカ！　大好き！」

やがて、シャノンさんは部屋を飛び出して行った。

ここは男子寮だというのに、普通にドアから出て行ってしまったけれど大丈夫だろうか。

「シャノンさん、大丈夫かな……？」

「心配はご無用ですよ。彼女は昔からこんな感じですから」

「クソ女め」

ユーインさんもクラレンスも、全く気にしていない様子だった。エルもまた、いつも通りで。皆のお互いをよく知っているようなその様子が、少しだけ羨ましくなった。

「とにかく、今後俺に隠し事はするなよ」

「わかりました。エルヴィスにはまだ、学生生活をのんびりと満喫して頂きたかったんですが……」

「余計なお世話だ」

今日もひどく偉そうなエルは、壁に背を預けると今度はクラレンスへと視線を向けた。

「俺はクソババアのせいで、まだこの通りなんだ。この近くで何かが起きたら、お前が全部なんとかしろよ」

「は、はい！　心得ております」

それからは三人が何かの話をしている間、わたしはエルの隣で大人しくその辺にあった本をぱらぱらとめくっていた。やっぱり、難しすぎてさっぱり意味がわからない。

やがて話は終わったらしく、それからはわたしも会話に入れてもらい、他愛の無い話をしていたのだけれど。

何故かクラレンスだけは、わたしとエルを見比べてはひどく気まずそうにしていた。

「そういえばエル、ちょっと大きくなったよね」

「まあな」

「そろそろ止まったりして」

「はっ、バカかお前。俺は――――だったんだぞ」

なんだか久しぶりに、このもやもやを聞いた気がする。

ちなみにエルは入学した頃よりも、数センチほど背が伸びていた。

「おい、ユーイン」

「何でしょう？」

「お前の言う通り学生ごっこをやってんのに、全然ババアの呪いが解けそうにねえんだけど。どうなってんだよ」

「いえ、ほとんどもう解けていますよ」

「…………は？」

そんなユーインさんの言葉に、エルの瞳が大きく見開かれる。

「どう見たって、まだ」

「ジゼルさんの成長に合わせるよう、私が魔法を書き換えておいたからです。以前『エルヴィスが素敵な学園生活を送れるように、プレゼント』と言ったでしょう？」

「バカかお前は」

エルはユーインさんを睨み付けると、深い溜め息を吐いて。やがて、片手で目元を覆った。

「……それが本当なら、俺はもう――――くらいなのか」

「ちょっと何を言っているのかわからないです」

「ふざけんな」

そんなやり取りを続ける二人は、本当に仲がいいなと思ってしまう。

ユーインさんもなんだかんだエルのことがとても可愛いのだろう、いつもそれが伝わってくる。

まるでお兄さんのようだ。

「本当にあと少しで解けると思いますよ」

「結局、条件はなんだったんだよ」

「そうでした、そろそろ教えてもいいかもしれませんね」

にっこりと微笑んだユーインさんはエルの下へとやって来ると、こっそりと耳打ちをする。

それと同時に、エルは見たこともない表情を浮かべた。戸惑ったような、困ったような。そして何より、少しだけ照れたような顔をして彼は何故かわたしへと視線を向けた。

「おや、意外と驚かないんですね」

「……とにかく今は、ババアとお前に腹が立ってる」

「実は私は、マーゴット様が先に折れる結末を予想していたんですけどね。本当に、嬉しいです」

「あっそ」

エルはそう言って、ユーインさんにしっしっと追い払うような手つきをしている。呪いとやらが解ける条件は、一体なんだったんだろうと気になってしまう。

「どちらにせよ、このままでは解かざるを得ない事態になっていたかもしれませんが」

困ったように呟いたユーインさんのそんな言葉に、エルはやっぱり「あっそ」と呟いた。

「まあ、この話もまだ不確定ですし。今後ものんびりと学生生活を楽しんでくださいね。もうすぐ宿泊研修があると聞きました」

「うるさい、もう帰れ」

「ジゼルさんを大切にするんですよ」

「……お前なんかに言われなくても、わかってる」

そうして、エルはあっという間に二人を追い出してしまったのだった。

◇◇◇

「ねえエル、呪いが解ける方法、わかったの?」

「まあな」

「なんだったの?」

二人きりになった後、隣に座るエルにそう尋ねると「お前だけには言いたくない」なんて言われてしまった。なんだか酷い。

寂しい気もしつつ、言いたくないことを無理に聞くのも良くないと思い、わたしは「わかった」と返事をする。

「は？　気にならねえのかよ」

けれど何故か、そんなことを言うエルに睨まれてしまった。エルが言いたくないと言うから聞かないでおいたのに、難しすぎる。

「もう少し食い下がるべきだろ」

「ふふ、なにそれ。めんどうなエル」

なんだか先ほどから、エルは少しだけ様子が変だ。色々と、エルらしくない。

「でも、もうすぐ解けるみたいで良かったね」

「ああ」

「解けたら何か変わるの？」

「変わるどころじゃないだろうな」

「えっ……？」

一体何が変わってしまうのだろうと、急に不安になってしまう。この生活や関係も、変わってしまうのだろうか。

そう、思っていたのだけれど。

「まず間違いなく、お前は俺を好きになる」

「えっ？」

「あとは泣いて喜ぶかもな」

「…………？」

どういう意味だろう。そんなにもわたしにとって、嬉しい変化が起きるのだろうか。

首を傾げているわたしを見て、エルは自信ありげな笑みを浮かべていた。

「あ、そういえばさっき何で、みんな変な感じだったの？」

「変な感じ？」

「手を出す、って話の時」

わたしのそんな問いに、エルは思い出したように笑い出す。

そして彼からその言葉の本来の意味を聞いたわたしは、恥ずかしさに耐えきれなくなり、両手で顔を覆った。

「い、今すぐ訂正して回りたい……」

「なんでだよ」

「だって、間違い、」

「間違いじゃないだろ。手、出したし」

そう言われて初めて、キスをされたのも手を出されたうちに入るのだと理解した。

色々と思い出してしまい、更に顔が熱くなっていく。

「な、なんでエルはそんなに冷静でいられるの」

「さあ？　お前は動揺しすぎ」

「だって、わ、わたしは初めてだったし」

「は？」

そう言うと彼はわたしの両頰をぎゅむっと摑み、顔を近づけて。「わたしは、ってなんだよ。は、って」と言った。

ということはもしかして、エルも初めてだったのだろうか。

緊張している様子なんてなかったし、なんというか手慣れているように見えてしまっていたのだ。

そして勝手に、それを少しだけ寂しく思っていたりもしていたのに。

「あのな、俺はそもそも潔癖気味なんだ。他人に触れられるのだって好きじゃない」

「じゃあ、なんであんなことしたの」

「少しは考えろ、バカ」

潔癖気味だなんて話、エルの口からは初めて聞いた。

それにエルはいつも、わたしの食べかけだってなんだって当たり前のように口にしていたし、わたしが抱きついたりしても嫌がる素振りなんてなかった。

「あっ、でも今日、シャノンさんの腕摑んでた」

「あれは流石の俺も少し焦ってたし、割と緊急事態だったんだよ。もしかしてお前、妬いてんの？」

「……そ、そうかもしれない」

「じゃあ、もうしない」

そんな二人を思い出しただけでも、胸の奥がもやもやとしてしまう。本当に、わたしはどうしてしまったんだろう。

それに、当たり前のように「もうしない」と言ってくれたエルに大きく心臓が跳ねた。

嬉しいはずなのに、何故か泣きたくもなる。胸の鼓動が、怖いくらいに速くなっていく。思わず胸元をぎゅっと押さえたわたしを見て、エルは口元に綺麗な弧を描き、言ってのけた。

「お前、もう俺のこと好きだろ」

流石のわたしでも、エルの言う「好き」の意味はもうわかっていた。

──今日、シャノンさんと一緒にいるエルを、彼女に触れているエルを見ると、何よりも嫌な気持ちになった。

エルがユーインさんやクラレンスと一緒にいたって、絶対にそんな気持ちにはならない。それがきっとわたし以外の女の子だったとしたら、同じ気持ちになってしまうのだろう。

少し前までは、エルは将来どんな女の子を好きになるんだろう、紹介してくれる日が楽しみだと本気で思っていた。

けれど今はいつか現れるかもしれないそんな女の子が、わたしよりもエルと長く一緒にいること、わたしより優先されることを想像するだけで、泣き出したいくらいに胸がぎゅっと締め付けられる。

ずっと、エルのことは大切な家族だと思っていた。出会った頃なんて、スレきってしまった弟のような彼を更生させなければ、なんて思っていたのに。

「わたし、エルが好きだよ。もしもこれが恋愛の好きじゃないなら、一生誰かを好きになることはないと思う」

いつの間にかわたしは、そんな彼を誰よりも好きになってしまっていた。その頃の自分にこのことを話せば、面白くもない冗談だと笑い飛ばされてしまうに違いない。

「それとね、友達としても家族としても、エルのことが好き。わたしの中にある全部の好きが、エルに向いてると思う」

今だって口も態度も悪いけれど、本当は優しいことも、わたしを大切にしてくれていることも、誰よりも知っている。

「……わたし、こんなにエルのこと好きだったんだね」

それからは何度も、好きだと言葉にしているうちにしっくりときて。どんどん彼への気持ちを、実感していく。

そうしているうちに、不意に「もういい」と呟いたエルによって、わたしは抱き寄せられていた。

「……お前さ、恥ずかしくないわけ」

「えっ？」

「言い出した俺の方が恥ずかしいんだけど」

そう言ったエルの顔は見えないけれど、もしかして今、彼は照れているのだろうか。

確かに好きだと言いすぎた感はあるけれど、今まで何度も何十回も伝えてきたのだ。全く恥ずかしくなんてない。

「全然恥ずかしくないよ、本当のことだもん」

「そもそもお前、あんなに俺のことはそういう好きにならない、とかなんとか言ってたくせに」

「……エル、その話根に持ちすぎじゃない？」

「は？　お前が悪い」

本気で怒り出しそうなエルに、思わず笑ってしまう。

「エルって、いつも偉そうだよね。あの時も俺以外を好きになるとか許さねえ、なんて言ってたし」

「当たり前だろ」

いつものようにそう言ったエルに対し、わたしの口からは「エルも？」という問いが溢れた。

「エルも、わたしのこと以外を好きにならない？」

　なんだかわたしばかりそんなことを言われていて、不公平な気がしたのだ。

　とは言え、「わたし以外を好きに」なんて言い方をしてしまったものの、そもそも彼に「好き」と言われたことすらないのだ。

　だからこそ、聞き方を間違えてしまったなと思っていたのに。

「ああ」

　エルはいつもと変わらない様子で、まるで当たり前のことのように、そう言い切った。

「……エルってわたしのこと、好きなの？」

「は？　嫌ってるようにでも見えてんのかよ」

「そ、そういう訳じゃ、ないけど……」

　エルに好かれていることにも、もちろん気が付いてはいた。

　けれど一度だけ「わたしのこと大好きだね」という言葉に対して「そうかもな」と言われたことがあるだけで、こんなにもはっきりと好意を示されたのは初めてだった。

　泣きたくなるくらいに嬉しくて、落ち着かなくなってしまう。

「う、うれしい、どうしよう」

「良かったな」

「ねえ、エルのそれってどういう好き？」

何気なくそう尋ねると、エルは真剣な表情を浮かべ、ふたつの碧眼でまっすぐにわたしを見つめた。

「お前は、俺とこの先どうしたいわけ」

「えっ？」

質問に対して質問で返されてしまったものの、答えは決まっている。

「もちろん、ずっと一緒にいたいと思ってるよ」

「お前が死ぬまで、ずっと？」

何故急に、そんなことを尋ねられたのかはわからない。わたしが死ぬまで、という言い方もなんだか不思議だった。

「……わかった」

けれどそんな問いに迷わず頷けば、エルはわたしを抱きしめる腕に力を込めていく。

一体、エルは何がわかったのだろう。それから何を尋ねても、エルは答えてくれなくて。

結局、質問の答えも曖昧なまま、わたしはずっと抱きしめられ続けていたのだった。

◇◇◇

「……エルともリネとも、離れちゃった」

あれから一週間が経った今日、くじ引きによって宿泊研修の班分けが行われていた。男女三人ずつの六人班だ。

王都から少し離れた森の中で行われるそれは、自然と触れ合う機会を作るのが目的らしい。

野外で自分達で料理をしたり、テントを張って寝泊りしたりするんだとか。とても楽しそうだ。

「なんでお前と同じ班なのよ、エルヴィスもいないし。そもそも外で泊まるとかなに？　あり得ないんだけど」

そしてわたしはなんと、シャノンさんと同じ班だった。

けれど彼女はテントで寝泊りなんてあり得ない、とかなり怒っている様子で、先程からずっと文句ばかり言っている。それでも、参加をするつもりではあるらしい。

「お前、私の分まで働きなさいよ」

「が、がんばります……」

やがてそんな約束をさせられたわたしは、逃げるようにエルの下へとやってきた。エルはリネと同じ班らしく、自身のくじ運が恨めしい。

「同じ班が良かったね」

「そうだな」

そう答えたエルに対して、つい「えっ」と言いそうになったのをなんとか堪えた。

なんだかあの日以来、エルの態度が更に変わったような気がする。最近の彼は怖いくらいに優しくて、素直なのだ。

そんなエルを見たリネからも「もしかして、お付き合いを始めたんですか？」なんて尋ねられたくらいだった。

「あんま他のやつと仲良くすんなよ」

「わ、わかった」

そして前よりも、エルはやきもち焼きになった。そのせいでわたしは、落ち着かない日々を過ごしていたのだった。

第五章

輝いて見えたのは、きっと

ある日の放課後、先生に屋外練習場の使用許可を貰ったわたしは、エルとリネと共に火魔法の練習をしていた。

学園祭が終わり放課後に空き時間ができた今後は、こうして練習に励むつもりでいる。エルも文句を言いながら、なんだかんだ付き合ってくれるから好きだ。

その上、リネの水魔法についても指導してくれていて、なんだかエルは本当に大人になったなと内心いたく感動していた。とは言え、血まみれだった光魔法の初練習がトラウマすぎて、彼の指導方法に関しては油断できないけれど。

「う、うーん……」

そんな中、ぽわんとわたしの手のひらから出た火は、的に当たる前に消えてしまった。そんなわたしを見て、近くのベンチに腰掛けていたエルは深い溜め息を吐いている。

「お前、ふざけてんの？」

「いえ……そういうわけでは……」

「お前の魔力量でそれはねえだろ」

「す、すみません」

やる気満々で練習に臨んだものの、思っていた以上に火が怖かったのだ。

思い返せば、子供の頃から火は得意ではなかったように思う。その結果、万が一失敗したらどうしようと悪い方に考えてしまい、腰が引けて全力を出せないでいた。

「本当にごめんね、何かあったらと思うと怖くて」

「あのな、お前がミスした時のために俺がいるんだろ」

「そうですよジゼル、私もいますから！」

氷魔法が得意なエルと、水魔法使いのリネ。そんな二人の心強い言葉にわたしは頷くと、両頬を叩き気合を入れた。いい加減、しっかりしなくては。

ちなみにこの練習場の的は大きな魔獣の形になっていて、壊しても魔法で自動で修復されるようになっている。仕組みはわからないけれど、とにかくすごいのだ。

「いいから、さっさと思い切りやってみろ」

「わかった」

二人がいれば、絶対に大丈夫。それに、魔法を使う感覚は光魔法で既にマスターしている。あとは勇気を出すだけ。

小さく深呼吸をすると、わたしは両手を的へと向ける。

そして思い切り、魔法を発動した瞬間。

的があったはずの場所に、空高く火柱が上がった。

「…………？」

それと同時に、耳をつんざくような警報音が鳴り響いた。すぐに二人が魔法で火を消そうとしてくれたけれど、その勢いは衰えることはなく、轟轟と燃え続けている。

色々な意味で、汗が止まらない。

「あー、今の俺の魔力じゃ無理だわ」

「えっ」

「お前、ほんとどうなってんの」

早々に自身の魔法による消火作業を諦めたらしいエルは、可笑しそうに笑っている。リネも「すみません、無理です」と言って泣き出しそうな表情を浮かべていた。

……結局、駆けつけた先生方によってなんとか鎮火され、その後事情を説明した結果、わたしは翌日から特別授業として、先生方から火魔法の扱いを一から教わることになったのだった。

◇◇◇

「お前さ、神殿で働きたいとか思わねえの」

「えっ？」

散々な結果になってしまった練習を終え、わたしの部屋でいつものように隣に座っていたエルは、突然そんなことを言い出した。

「そもそも、神殿ってすごい人しか働けないんじゃ……」

「お前ならいけると思う。光魔法は特に重宝されるし」

神殿に勤めることは、魔法使いとしては一番の栄誉ある仕事だと聞いている。お給金だってかなり良いと聞くけれど、本当にわたしにその資格があるのだろうか。

「でも王都で働いていたら、ハートフィールド伯爵家に見つかっちゃうだろうし……」

何より、卒業後あの侯爵と結婚せずに逃げ出すためにも、王都から離れた場所で仕事を見つけなければと思っていたのだけれど。

すると、エルは「は？」と眉を顰(ひそ)めた。

「お前、まだそんなこと気にしてたのかよ」

「えっ？」

「俺がお前を、黙ってあんなやつに嫁がせるとでも思ってんのか、って聞いてんだけど」

「ええと……？」

何故か苛立っている様子の、エルの言葉の意味がさっぱりわからず、わたしは戸惑ってしまう。

「だって、逃げないと」

「ババアの呪いさえ解ければ、俺はすごいんだ」

「うん……？」

「この国じゃ、俺が望んで手に入らない物の方が少ない」

エルはそう言い切ると、わたしの額にこつんと自身の額をあてた。

鼻先が触れ合いそうなその距離に、心臓が跳ねる。

「とにかく、俺がお前を貰うって一言言えば、あんな奴らのことなんて気にしなくて済むんだよ」

よくわからないけれど、エルがすべて何とかしてくれるという話らしい。

手に入らない物の方が少ないというのは、流石に大袈裟ではと思ってしまったけれど、その気持ちは何よりも嬉しかった。

それにしても、さらりと言われたものの「お前を貰う」なんて、すごい言葉だと思う。

エルにとって深い意味はなかったとしても、そんな言葉やこの近すぎる距離のせいで心臓の音が漏れてしまうのではないかというくらい、わたしはときめいてしまっていた。

この甘い雰囲気が落ちつかず、空気を変えるために何か冗談のひとつでも言おうとしたのに。

「な、なんだか、プロポーズみたいだね」

「そのつもりだけど？」

そんな言葉が返ってきて、心臓が止まった。

◇◇◇

「……プ、プロポーズってね、結婚の申し込みのことだよ」

「んなこと知ってるに決まってんだろ、バカにしてんのか」

「えっ」

理解が追いつかず、エルが何か勘違いしているのではないかと思いそう伝えれば、思い切り額を指で弾かれてしまった。

「だ、だって前は結婚なんて意味ないって」

「今もそう思ってるけどな」

「じゃあ、なんで……？」

結婚についての話になると、彼はいつも「意味ない」「くだらない」なんて言っていた記憶がある。だからこそ不思議で、そう尋ねたのだけれど。

「お前となら、してもいいと思った」

「えっ？」

「それだけ」

エルはいつもの調子で、当たり前のようにそう言ってのけた。

「とにかく、くだらねえことはもう気にすんな」

わたしの頭に手を置き、エルは形の良い唇で弧を描く。

あまりにも、エルが自信満々にそう言い切るものだから、本当にもうあの家のことや何もかもを気にせずに、自由に生きていいのだろうかと期待してしまう。

そして何より、エルが優しすぎておかしい。

そんな風に言われて、ときめかないはずがない。

「は？　お前、なんで泣いてんの」

「ず、ずるい……」

いつの間にか泣き出してしまっていたわたしを見て、エルは驚いたように瞳を見開いている。

――正直、結婚だなんて今のわたしにはよくわからない。きっと、エルだってよくわかっていないと思う。

けれどエルも、わたしとずっと一緒にいたいと思ってくれたからこそ、結婚だなんて言い出してくれたに違いない。

そう思うと、嬉しさと好きだという気持ちがじわじわと込み上げてきて、涙となって溢れていく。

「泣くな、バカ」

「ごめん……」

「お前が泣いてると、落ち着かない」

エルの長く綺麗な指によって、涙を掬われる。そのひどく優しい手つきに、余計に涙が止まらなくなってしまう。

いつからエルはこんなに、わたしに甘くなったんだろう。

「も、もうやだ、エルが好きすぎる……」

「あっそ」

「ほんとに、だいすき」

「知ってる」

「……本当に、わたしとずっと一緒に、いてくれるの？」

「ああ。だからもう泣くな」

こんな幸せな時間が、ずっと続けばいいのにと思った。

◇◇◇

「わたし、エルと結婚するかもしれない」

「えっ」

翌日、移動教室の合間にリネにそのことを報告すると彼女は余程驚いたらしく、手に持っていたペンケースや教科書を全て床に落としてしまった。

慌ててそれらを拾い、呆然としている彼女に手渡す。

「す、すみません……！　意識が天国に行っていました」

「てんごく……？」

やがて我に返ったらしいリネはぎゅっと手荷物を抱きしめると、キラキラとした瞳でわたしを見つめた。

「本当に、本当に素敵です……！　けれど突然、結婚だなんて驚きました。今度こそ、想いを伝え合ったんですね！」

そんなリネの言葉に、今度はわたしが戸惑う番だった。

「……あれ、伝え合って、ない」

「えっ？」

よく考えればプロポーズのようなものをされたものの、エルから好きだとはっきり言葉にされたことはない。

好きかと尋ねれば、それを肯定するような返事は返ってくるけれど、冷静になってみるとなんだか変な話だった。

――どうしてエルは、好きだと言ってくれないんだろう。

もちろん強制するようなことではないし、エルに好かれている自信も、大切にされている自信もある。

けれどやはり、少しだけ寂しい気持ちになってしまう。恥ずかしがっているようには思えないし、何か理由があるのだろうか。

「お二人くらい想い合っていれば、言葉にしなくても伝わるからかもしれませんね」

リネもそう言ってくれたし、きっと深い意味はない。

ただ単に、エルは言葉にするのが好きじゃないのかもしれない。そう思ったわたしは、気にしないでおこうと自分に言い聞かせたのだった。

そして今日からは放課後、先生と共に火魔法の練習に励むことになっている。

流石にあんな勢いの炎をうっかり出されては危険だと思われたらしく、コントロールできるようになるまでは毎日特訓することになってしまった。

エルと過ごす時間が減ってしまうと思うと少し悲しいけれど、こればかりは仕方ない。毎日付き合ってくださる先生にも感謝をしなければ。

「いいですか？　貴女程の魔力量だと、魔力暴走を起こせば自身の身体にも影響が出てしまう可能性があります。ですから絶対に、限界を超えた魔力を使うのはやめてくださいね」

「影響、ですか？」

「はい。燃えます」

「えっ」

火魔法使いというのは、自身の魔法で出した炎で火傷をしたり、燃えたりすることはないと聞いていたのだ。

だからこそ、そんな恐ろしい話を聞いて震え上がったわたしは、より一層真剣に練習に励んだ。

◇◇◇

あっという間に、宿泊研修の日がやって来た。

毎日のように放課後、火魔法の特訓をしていたわたしは疲れが溜まっていたようで、目的地であるイザンタ大森林までの移動中ずっと眠ってしまっていたらしい。

そしていつの間にか、隣に座っていたエルの肩に頭を預ける体勢になっていて、起きた後に慌てて謝れば「別に」「肩凝った、後で揉め」なんて言われてしまった。

「ふふ、バーネット様ったらぐらぐら頭が揺れていたジゼルを見て、ご自分でもたれかかるようにしていたのに」

「えっ？　そうなの？」

「はい」

けれど後にリネから、こっそりとそんな話を聞いてしまった。相変わらず、素直じゃないところも好きだ。

到着後は休憩として少しだけ自由時間が与えられ、わたしはエルと共に近くの小川へとやって来ていた。穏やかに流れていく澄んだ水に、そっと手を入れたり出してみたり。

冷たさがなんだかくすぐったくて、思わず笑みが溢れる。

「すごく自然って感じだね！」

「森なんだから当たり前だろ」

「エルはテントで泊まったことある？」

「バカ言うな。どんな場所からでも転移魔法で戻ってたし、そもそも外はそんなに好きじゃない」

「なるほど……」

確かにそんな便利な魔法が使えれば、わざわざ屋外にテントを張って泊まる理由なんてないだろう。特にエルは潔癖らしいし、と納得したのだけれど。

「それなのに、よく宿泊研修に来てくれたね」

「まあな」

「ふふ、わたしが心配だからだったりして」

「ああ」

「なーんて…………なんて……？」

軽い冗談のつもりで言ってみたのに、エルは当たり前のようにそう答えるものだから、心臓が大きく跳ねた。

「え、えっと、」

「お前が心配だから来た」

さっきみたいに素直じゃないと思えば、最近はこうして不意に素直になったりもする。わたしはその度に戸惑い、落ち着かなくなってしまう。なんだか、ずるいと思う。

照れてしまいながらも「ありがとう」と呟けば「ん」と返される。

何気なく視線を彼に向ければ、エルもまだわたしを見つめていて、その優しい表情に何故か泣きたくなった。

「何かあったら、すぐ呼べよ」

「うん、わかった」

火魔法の練習の中で、空高く炎を出し合図をする救助信号の方法も習ったのだ。

これがあれば、何かあってもすぐ助けを呼べるだろう。ちなみに今は猛特訓のお蔭で、大分火魔法もコントロールができるようになっていた。

あっという間に休憩時間も終わり、集合場所へと戻ったところ班ごとに分かれるよう言われ、エルはわたしの頭に軽くぽんと手を乗せた後、歩いて行く。

その背中を見つめながら、彼のことが大好きだと改めて実感したのだった。

◇◇◇

「あーもう！　イヤ！　虫だらけじゃない！」

「本当ですね、あっ、毛虫が付いてますよ」

「きゃああ！　早く！　取りなさいよ！」

そしてわたしは今、なんだかんだ文句を言いながらも一緒に枝拾いをしてくれているシャノンさんと、ぽつりぽつりと会話をしながら森の中を歩いている。

彼女は言葉も態度もツンツンしているものの、根は悪い人ではないことに気が付き始めていた。

他の班員達は別の場所で水汲みなどの別作業をしていて、ずっと彼女と二人きりだけれど、そのせいか辛くも気まずくもない。

「シャノンさんは、治癒魔法が得意なんですよね？」

「フン、バカねお前。私は得意どころか世界一よ」

「そうなんですか？　すごい……！」

「生きてさえいれば、全部元通りにできちゃうんだから」

そう言った彼女はフフンと鼻を鳴らし、自慢げに口角を上げた。その姿も、とても可愛らしく見えてしまう。

以前、魔眼を使った際のエルの体調不良を治せる魔法使いがいるとユーインさんは言っていたけれど、きっとそれはシャノンさんのことだったのだろう。

あの状態のエルを治してあげられる彼女が、羨ましくなる。わたしも練習を続けていれば、いつか少しは助けになる日がくるだろうか。

「その代わり私は戦闘能力ゼロだから、その辺から何か出てきたらお前がなんとかしなさいよ！」

「はい、頑張ります」

このイザンタ大森林は、魔物が出ない唯一の森として有名だ。だからこそ毎年宿泊研修がこの場所で行われ、わたし達もこうして呑気に歩いていられる。

とは言え、魔物は出ないものの普通の動物はいるらしく、多少は気をつける必要がある。何かあればすぐにあちこちを見回っている先生方が駆けつけてくれるため、安心だ。

それからも二人でとりとめのない会話をしながら、のんびりと枝を拾い、歩いていたのだけれど。

「枝、あまり落ちていませんね」

「…………」

「シャノンさん？」

突然、彼女はぴたりと足を止めた。

「おかしい」

「えっ？」

「ずっと、同じところを歩いてる」

そんな言葉に、わたしも足を止める。

辺りを見回してみれば、枝を拾うために地面ばかりに気を取られていたけれど、確かにこの道は先程通ったような気がした。

けれどわたし達は間違いなく、ずっとまっすぐに歩き続けていたのだ。それなのに同じところをずっと歩いているなんて、あり得るはずがない。

「――まずいことになったかもしれない」

そう言った彼女は、何かに怯えているようだった。

整った横顔には、はっきりと焦りの色が浮かんでいる。

「今すぐ救助信号を送って」

「えっ？」

「いいから早く。なるべく空高く」

わたしは慌てて手のひらを空にかざし、空高く火魔法で合図を送った。

けれどいつまで経っても誰かが来る気配はない。心臓がゆっくりと、嫌な音を立て始める。

「確定ね」

「シャノンさん……？」

「異空間の中に引きずり込まれたのよ、私達」

異空間、引きずり込まれた、という聞き慣れない言葉に戸惑うわたしに彼女は続けた。

「魔物がランク分けされているのは知ってる？」

「は、はい。Eランクから、Sランクまでですよね」

「そう」

魔物はその強さによりランク分けがされていて、Eが一番弱く、Sが一番強いとされている。

確かSランクの魔物は、魔物図鑑にもほとんど情報が載っていなかった。もはや空想上の生き物だと言われているくらい、稀有な存在だからだ。それなのに。


「あいつは、Sランクよ」


シャノンさんはまっすぐ前を見つめ、そう言った。

いつも勝ち気な彼女の声はひどく震えていて、悪い冗談なんかじゃないことに気付かされてしまう。息が苦しくなるくらい、空気が重くなっていくのを感じていた。

ゆっくりと、彼女の視線を辿っていく。

やがて視界に飛び込んで来たのは、わたしが知りうる言葉では言い表せないほど、禍々しく恐ろしい何かだった。

それが視界に入った瞬間、思わず悲鳴が漏れそうになったわたしの口を、シャノンさんが片手で素早く塞いだ。

「……あまり刺激をしないで。あれはね、人間が怯えたり苦しんだりしている姿を見るのが好きなの。だから、わざわざ異空間なんかに引き摺り込んで、追いかけ回して追い詰めて、じわじわと痛めつけて殺す」

「…………っ」

なんとか小さく頷けば、彼女はそっと手を離してくれた。

言葉の意味はわかっていても、理解したくはなかった。そんな恐ろしく残虐なSクラスの魔物を前にして、生き長らえる自信なんて正直ひとかけらもなかった。

黒いもやのような、人の形をしたそれはフードのような布を被っていて、遠くからこちらを見ている。目というものは目視できないけれど、見られている、という確信があった。

「とにかく、時間を稼ぐしかないわ。そのうち、私達がいなくなったことに気が付いて、クソメガネ辺りが助けに来てくれることを信じましょう」

「……異空間まで、助けに来れるものなんですか？」

「一応ね」

シャノンさんは、自嘲するような笑みを口元に浮かべた。

「クソメガネくらいの魔法使いでも、魔力はかなり使うでしょうし、身体はズッタズタになるでしょうね。無理矢理入ってくるには負担がかかるから」

「そんな……」

「私は身体を治せても、魔力の回復まではできないもの。そんな状態であいつを倒せる確率、どれくらいなのかしらね。頭の悪い私にはもう、わからないわ」

でも、こんな所で死にたくはない。

彼女ははっきりと、そう言った。わたしだって、もちろんそれは同じだ。

「エルヴィスのあの身体じゃ間違いなくもたないから、彼が来るのを期待しない方がいいわよ」

まるでわたしの心の中を読んだかのように、シャノンさんはそう言った。

それでもきっと、エルが助けに来てくれると心のどこかで期待してしまっている自分がいる。

だんだんと、それはこちらへと近づいてきていた。怖くて足が震え出すわたしの手を、シャノンさんがきつく握りしめた。

「とにかく、逃げるしかない。私が何でも治すから、お前は足がもげてもなんでも走り続けなさい」

「わかりました」

そしてわたし達は、あてもなく走り出したのだった。

◇◇◇

けれどそんな命懸けの追いかけっこも、やがて終わりを告げた。

わたし達を追いかけるのに飽きたらしいそれは、行き止まりを作り出したのだ。

途中、背後から右手を切り落とされたけれど、痛みに叫ぶ間も無くシャノンさんが治してくれた。彼女の治癒能力に驚きつつも、すぐ目の前まで「死」が迫っていることを実感し、必死に走りながらも涙が止まらなかった。

見えない壁のようなものに背を預け、対面する形になる。

「ほんっと悪趣味ね……最初からこうすることもできたはずなのに、ただ私達を走らせて、はあ、」

「っう……はあ、」

「こちとら、ダイエットなんていらない体型だっつの！」

全速力で走り続けていたせいで、息が苦しい。喉が、焼けるように痛い。足が、ひどく重い。

こんな絶体絶命の状況でも、強気なシャノンさんのお蔭でほんの少しだけ心が軽くなる。

けれどだんだんと近づいてくるそれは、黒いもやを鎌のような形にしていく。彼女の話の通り、それでわたし達を少しずつ切り裂き、楽しむつもりなのだろう。

「っわたしが、少しでも時間を、稼ぎます……！」

相手がSクラスの魔物と言えど、魔力量が多いらしいわたしの全力の火力なら、少しくらい時間は稼げるはず。

先程走りながらシャノンさんに話を聞いたところ、あの魔物は異空間を作り出す能力によりSクラスに分類されているのだという。

強さで言えば、Aクラス以下らしい。とは言えわたしなんかがまともに戦えるような相手ではないことも、もちろんわかっている。

それでもわたしはシャノンさんの前に立つと両手をかざし、できる限り最大の火力の炎を魔物に向かって放出した。黒いもやのようなもので身を守ったそれは、少しずつ、少しずつ押し返してくる。

いくら全力を出したところで、長くは持たないとすぐにわかった。

「……っ、う、」

一体、どれくらいの時間が経ったのだろう。時間の感覚なんてまるでなかった。

魔力が勢いよく減っていくのと同時に、燃えるような熱さがじわじわと指先から広がっていく。

限界まで魔力を放出しているせいで、魔力暴走を起こし始めているのだろう。

それでもこの手を止めてしまえば、間違いなく二人とも殺される。だからこそ、絶対に止める訳にはいかなかった。

「バカ！　お前、手が……！」

「っう……あ、……！」

指先から、腕全体まで痛みが広がっていく。

痛い。痛い。痛い熱い痛い熱い。あまりの痛みに叫び声すらもう出ない。肉の焦げるような匂いが、鼻をついた。

呻き声のようなものが時折口から溢れていくだけで、息ができているのかすら不安になる。

シャノンさんが同時に治してくれているお蔭で、腕はなんとか形を保ち続けているけれど、燃えていることに変わりはない。常に頭がおかしくなりそうな痛みに襲われる。

「もういい！　やめて、もういいから……！」

背中越しに、シャノンさんの啜り泣くような声が聞こえて来ていた。それでも。

──きっと、エルが助けに来てくれる。だから一分でも一秒でも、生きていないと。

そんな想いが、途切れそうな意識をなんとか繋いでいた。

「…………っ」

けれど限界が来たのは、わたしの身体や精神ではなく魔力の方だった。もうすぐ空になると、わかってしまう。

もう駄目だと、意識が遠のきかけた瞬間だった。


「──よく、頑張ったな」


そんな言葉が耳に届いたと同時に、身体が軽くなる。

痛みも何もかもが消え、ふわりと温かい何かに包まれた。この温もりや匂いを、わたしが間違えるはずなんてない。

「……エ、ル？」

「ああ」

彼はわたしを抱きしめる腕に力を込めると「遅くなって悪かった」「生きていてくれて、良かった」と呟いた。まるで子供をあやすような、ひどく優しい声だった。

——エルが、助けに来てくれた。

それを理解した途端、色々な感情が込み上げてきて涙が止まらなくなる。ごめんな、と何度も謝られる度に、涙が止めどなく溢れていく。

エルはわたしの後ろにいるシャノンさんにも、頑張ったなと優しく声をかけ、「そんなの、エルヴィスらしくない」なんて言ってわたしと同じくらい大泣きする彼女に「ジゼルを頼む」と言うと、彼はわたしから離れた。

そして、頬をそっと撫でてくれたエルと目が合った瞬間、わたしは息を呑んだ。

「すぐに、片付けてくる」

言葉を失うわたしを見て、エルは困ったように笑った。いつの間にか大きな氷が突き刺さり、地面に倒れ込んでいた魔物の下へと向かっていく。

そんなエルの姿は、わたしの知る彼のものとはまるで違っていた。

首元までの長さだった髪は、腰辺りまで伸びている。声だって少し低くなっていたことに、今更気が付いた。

そして何より、先程間近で見たその顔立ちは、ひどく大人びていて。身長だって、記憶の中より

もずっとずっと高い。

誰がどう見たって、今の彼は大人の男の人だった。

◇◇◇

ジゼルが、姿を消したらしい。


「このイザンタ大森林の中、いえ、それどころか辺り一帯にも二人の姿はありませんでした」

「そんなはずは……」

探知魔法の得意な先生が辺り一帯を探しても、ジゼル、そしてシャノン・ルウェリンさんの姿は無かったという。

ジゼルはとても真面目な子だ。それは友人である私だけでなく、先生方もわかっているようで。

彼女が黙って抜け出したのではなく、何らかの事故に巻き込まれたのではないかという判断を、すぐに下したようだった。

そして調べていくうちに、彼女達の魔力の痕跡を辿った結果、途中でぱったりと消えていたこともわかったらしい。

彼女と仲の良い私は一番に呼び出されており、事情説明をされた後はすぐに、バーネット様の下へと駆け出していた。

「おい、なに死にそうな顔して、」

「っジゼルが……いなくなったんです……！」

そう告げた瞬間、彼の瞳が大きく見開かれた。詳しく話せ、という彼の言葉を受け、先程見聞きした話を伝える。

ルウェリンさんと共に姿が見えなくなったこと、この森どころかその周りにも姿がないこと、そして二人の魔力の痕跡が突然途絶えたことを話せば、表情が一瞬にして強張った。

「……三つ編み、クラレンスを呼んでこい」

「えっ？」

「早くしろ、頼む」

「わ、わかりました！」

「俺はあいつらが消えた場所に、先に向かう」

そして彼の言う通り、私は急いでクラレンス様を呼びに向かった。ジゼルが失踪したこと、一緒に来て欲しいことを伝えれば、彼は困ったようにクライド様へと視線を向けた。

「僕も付いて行きますから、行きましょう」

「……すみません、ありがとうございます」

そうして、三人で急いでバーネット様の待つ場所へと向かえば、彼は目の前の何もない場所を見

クラレンス様のそんな言葉に、余計に泣きたくなった。どうか無事でいて欲しいと、震える両の

「Sクラスの魔物の前じゃ、もって数分でしょう」

「ジ、ジゼルがいつも身に付けていた魔道具とかは、」

そんな私を支えてくれたクライド様もまた、かなり動揺している様子だった。

今彼女達がどんな目に遭っているのか、想像するだけで膝が震え、瞳からは涙が溢れてきてしまう。

これを作り出せる魔物というのは、一種類しかいないのだという。そしてその習性を聞いた私達は、言葉を失った。

「異空間への繋ぎ目が、ここにあります」

「えっ？」

「……彼女は、Sクラスの魔物に拐われたようです」

一体どういうことかと尋ねたクライド様に、彼は言った。

バーネット様が見つめていた先へと視線を移したクラレンス様は、じっと目を凝らした後、狼狽えるような様子を見せた。けれど、私やクライド様には何も見えていない。

「これは……！」

「クラレンス、お前も見えるか？」

「エルヴィス様、一体何が……？」

つめ、立っていた。

手を組む。

そんな中バーネット様は、両耳に着けていたピアスを外した。同時にそれらは粉々に割れ、眩い光が彼を包む。

「クラレンス、お前はここでこの穴が塞がらないよう、しっかり見張ってろ」

するとクラレンス様は慌てたように、彼の肩を掴んだ。

「俺が行きますから、エルヴィス様はここにいてください」

「あいつが死にかけてんのに、俺に大人しく待ってろとでも言うのかよ」

「ええ、そうです！　一時的に魔力のみ増やしたところで、その身体では耐えきれないことくらい、貴方ならわかっているでしょう？　死にたいんですか！」

けれど、必死に止めようとするクラレンス様の手を振り払うと、バーネット様は小さく口角を上げ、笑ったのだ。

「ああ、死んだ方がマシだ」

そして「あいつは、俺を待ってる」と迷わず見えない何かに手を伸ばした、瞬間だった。

「エルヴィス様……!?」

「…………っ」

バーネット様の身体が突然、黄金の光に包まれたのだ。あまりの眩しさに、思わず目を閉じる。けれど不思議と泣きたくなるくらい、優しくて温かい光だった。

——そして数秒後、私は自身の目を疑うことになる。

◇◇◇

「本当に、良かったです……！」

ぽろぽろと涙を流し続けるリネに抱きしめられながら、わたしはエルが助けに来てくれるまでの経緯を聞いていた。

そして、エルが命懸けでわたしを助けに来てくれようとしていたことに、ひどく胸を打たれた。

……あの後わたしは魔力切れですぐに気を失い、気が付いた時には寮の自室のベッドに横たわっていた。なんと一日以上眠っていたらしい。

あんな目に遭っていながら、怪我ひとつないことが信じられない。全て、シャノンさんのお蔭だ。

彼女やエルは何やら後片付けがあるらしく、ずっと忙しくしているようだった、けれど。

「起きたのか」

目が覚めて十分程経った頃、いつものようにエルは窓からひょっこりと顔を出した。

その姿は、最後に見た時と同様大人の男性のもので。エルだとわかっていても、なんだか落ち着かない気持ちになってしまう。

「それでは、私は失礼しますね。また明日、会いに来ます」

「あ、ありがとう」

気を遣うように、あっという間にリネは部屋を出て行く。

二人きりになるとエルはいつものようにわたしのすぐ隣に腰掛け、優しく抱き寄せてくれた。

「お前が死んだら、どうしようかと思った」

「うん、」

「……俺はもう、お前がいないと駄目かもしれない」

エルらしくない、ひどく弱々しい声だった。

縋るような声に、言葉に。瞳からは、ぽろぽろと涙が溢れていく。

「っ助けに来てくれて、ありがとう」

「ああ」

「本当に本当に、嬉しかった。だいすき」

「知ってる」

それからはしばらく存在を確かめるかのようにきつくきつく、抱きしめられていたけれど。

やがて彼はそっと離れると、じっとわたしを見つめた。

「具合は？」

「だ、大丈夫です」

「痛い所は」

「ありません」

改めて見る慣れないその姿に、心臓が早鐘を打っていく。なんというか本当に、大人の男の人だ。

それでも勿論エルの面影はあるのだけれど、やはり落ち着かない気持ちになる。

そもそも、いつの間にか歳上になっているだなんて訳がわからない。一体彼の身に、何が起きているのだろう。

「つーか何だよ、その態度」

「だって、その……」

「俺は俺だから、どんな姿になっても気にしないし大切だって、前に言ってたくせに」

「あ、当たり前だよ！　でも、慣れなくて」

わたしが過去に言った言葉を覚えてくれていたことにも驚いたけれど、とにかく今は聞きたいことが多すぎる。

「それで、その姿は一体……？」

以前も彼はわたしよりも年下の姿から、同い年くらいに突然成長したのだ。それにしても、今回は成長し過ぎというかなんというか、あまりにも神々しすぎる気がする。

元々美少年だったけれど色気みたいなものまで追加されていて、見ているだけでくらくらしてくる。中身はあのエルだとわかっていても、緊張してしまう。

「呪いが解けた」

「えっ？」

「これが、俺の本来の姿だ」

——本来の、姿。

つまり彼は今まで子供の姿になっていただけで、本当は大人だったということになる。

正直、これまでの様子を思い出すと、とても歳上だと思えない言動が多すぎるけれど、どうやら本当らしい。

「ま、ようやく好き勝手に話せるようになったし、自己紹介でもしてやるか」

「自己紹介……？」

「ああ」

そして戸惑いを隠せずにいるわたしに向かって、彼はいつもと変わらない意地悪な笑みを浮かべて、言ったのだ。

「俺はエルヴィス・クレヴァリー。この国の大魔法使いだ」

◇◇◇

「エルヴィス・クレヴァリー……？」

「ああ」

「だい、まほうつかい？」

「そうだけど」

「……エルが？」

「そ、俺が」

さも当たり前のことのようにエルはそう言ったけれど、わたしの頭ではさっぱり理解しきれていなかった。

エルの本当の名前を知ることができたのは、嬉しい。

けれど彼があの大魔法使い様だということが、いまいち頭の中で結びつかない。だって、わたしの知る大魔法使いというのはこの国で一番の魔法使いで、とても偉くて。

そして何より、わたしが幼い頃から支えにしていた絵本に出てくる、大好きな人だった。

「お前、大魔法使いが好きなんだろ」

「うん」

「それならもっと喜べよ。泣いてもいい」

「……な、なんか、よくわからなくて」

「は？」

戸惑いを隠せずにいるわたしを見てエルは拗ねたような表情を浮かべると、何故か両頬を軽くつねってきた。

「どうしたら信じるんだよ」

「ひ、ひんひへはいはへじゃはいほ！」

「へえ？」

エルはわたしに、嘘をつかない。それはわかっている。信じていない訳ではない。

それでも、ずっと一緒にいたエルが実は大人だった、ということだけでも驚きだというのに、大魔法使い様でもあったなんて、すぐに理解できるはずがない。

やがて彼は頬から両手を離すと、今度は顔を包み込むようにして触れて。じっと、ふたつの碧眼でわたしを見つめた。

「嬉しいか？」

「うれしい、です」

「どれくらい」

「す、すっごく」

「ならいい」

エルはそう言うと、子供みたいに嬉しそうに笑った。

そんな様子を見ていると胸がぎゅっと締め付けられて、悲しくもないのに泣きたくなる。

そして立ち上がると、彼はわたしの頭に片手を置いた。

「少し顔を見にきただけだから、もう行く」

「どこに？」

「神殿。久々だから、ババアにこき使われてるんだ」

大魔法使い様が神殿にいるということは、知っていた。

以前、彼は神殿には入れないと言っていたけれど、呪いが解けた今はもう大丈夫なのだろう。

立ち姿を見て気付いたけれど、今彼が着ている服だって神殿に勤める人々が着ているものに似ている。けれど過去に見たどんなものよりも豪華で、彼の位が高いことを示しているのは無知なわたしでもわかった。

それにエルのあの魔法に関する知識量にも、その技術にも全て納得がいく。

本当に彼はあの大魔法使い様なのだと、わたしは少しずつ実感し始めていた。

「そのうち全部ちゃんと話すから、待ってろ」

「……うん」

「とにかくゆっくり休め。飯もちゃんと食え」

「そうする。ありがとう」

「あと、男は部屋に入れるなよ。ユーインだけは許す」

「ええと、わかりました」

「ん、じゃあな」

くしゃりとわたしの頭を撫でると、エルはあっという間に姿を消した。一人きりになると、急に寂しさに襲われてしまう。

――もちろん、嬉しかった。ずっと憧れていた大魔法使い様が、大好きなエルだったなんて。夢みたいだとも思う。

けれど誰よりも身近な存在だと思っていた彼が、今はとても遠く感じられてしまうのだった。

◇◇◇

翌日、朝一番にわたしの部屋を訪れたのは、シャノンさんとユーインさんだった。

「バカ、バカ！　っお前が無事で、本当に良かった……！」

シャノンさんはわたしの顔を見るなり抱きつくと、わんわんと大声を上げて泣き始めて。そんな彼女につられて、わたしも気が付けば泣いてしまっていた。

彼女がいなければ、わたしは間違いなく死んでいた。それに、彼女がいてくれたからこそ、最後まで頑張れたのだ。礼を言えばこっちの台詞だと怒られてしまい、笑みが溢れる。

「ジゼルさんが無事で、本当によかったです」

「シャノンさんとエルのお蔭です」

「貴女も、とても頑張りましたよ。ありがとうございます」

そしてお見舞いだと言って、ユーインさんはとても綺麗な大きな花束を手渡してくれた。

ちなみにあの後、すぐに宿泊研修は中止になったらしい。わたし達以外も皆無事らしく、ひどく安堵した。

「エルヴィスはもうすぐ落ち着くと思いますので。そうしたら、ゆっくり会えるかと」

「そうなんですね」

今までは毎日当たり前のようにエルと一緒にいたけれど、きっとこれからはもう、そうではなくなる。そう思うと寂しさや悲しさで押し潰されそうになり、泣きたくなった。

「エルヴィスの正体を聞いて、驚きましたよね」

「……はい」

「ずっと黙っていて、本当に申し訳ありませんでした。ジゼルさんさえ良ければ、二日後に神殿へ来て頂けませんか？　マーゴット様も、貴女と話をしたいと仰っているので」

「わかりました」

「ありがとうございます。エルヴィスの魔力を封印し、あの姿にしたのも彼女ですから。全てを話すつもりでしょう」

エルのことを、全て知ることができる。

それはとても嬉しいはずなのに、何故か怖くもあった。

とにかく二日後、全てを聞けるのだ。わたしはそれ以外にも気になっていたことを、ついでに尋ねてみることにした。

「あの、どうしてあの場所に、あんな魔物が出たんですか」

「……もうすぐ、良くないものが復活するんです」

「良くないもの？」

「ええ。その結果、魔物が大量に発生し、本来なら生息しない場所にも現れているようで」

「そんな……」

良くないものというのは、一体何なんだろう。それに、あんな魔物が次々と現れれば、間違いなく被害は大きくなる。

「大丈夫なんですか……？」

「はい、大丈夫ですよ」

絶対に、何とかしてくれると思います。そう、ユーインさんは言ってのけた。まるで他の誰かがどうにかしてくれるような、そんな言い方が不思議だったけれど。

この時のわたしはそれ以上、深く気にすることはなかった。

◇◇◇

そしてその日の夜、エルはいつものようにわたしの部屋へとやって来た。

けれど窓から入ってくるいつもとは違い転移魔法で突然現れたことで、驚きすぎて心臓が飛び出るかと思った。

「あー、つっかれた。クソババア、本当ふざけんなよ」

エルはソファに座るわたしの隣にどかりと腰を下ろすと、深い溜め息を吐いた。どうやらかなり忙しかったらしく、その美しい横顔には疲れの色が浮かんでいる。

「お前は今日、何してた？」

「ユーインさんとシャノンさんが来てくれたのと、あとはずっと部屋でゆっくりしてたよ」

「ふーん」

学園も大事をとって数日間休むよう言われており、大人しく部屋にいることしかできていない。時折、リネやクラスメイトの女の子達がお見舞いに来てくれていた。

「そうだ、これ」

そんな中、ふと彼が思い出したように取り出したのは大きな布袋だった。その中には、信じられないほどのお金がぎっしりと詰まっている。

「こ、こんな大金、どうしたの？」

「お前が俺を買った金。返しとく」

俺は金持ちなんだ、なんて言ってエルは笑ったけれど、わたしは上手く笑うことができなかった。

こうして清算することで、余計に彼が離れていくような気がしてしまう。

そんなわたしの様子に気が付いたのか、彼は眉を顰めた。

「なんかお前、昨日から素っ気ないよな。助けに行くのが遅くなったから、怒ってんのか？」

「そ、そんなことないよ！　ごめん」

「じゃあ何でだよ。……まさか歳上は好みじゃないとか、今更言うわけじゃないよな」

「えっ？」

エルの焦ったような様子と、予想もしていなかった問いによって、わたしは思わず固まってしまうのだった。

◇◇◇

なんだか、物凄い誤解をされている気がする。

焦ったような表情を浮かべるエルを、わたしは呆然としながら見つめていたけれど。やがてはっと我に返ると、慌てて首を左右に振り否定した。

「ごめんね、本当に違うの」

「嘘つくな」

「う、嘘じゃないよ！　歳とか気にしないし、前のエルもそうだけど、今も世界で一番格好いいと思ってるよ！」

「……あっそ」

必死にそう伝えれば、彼は見るからに安堵した表情を浮かべた。そんな彼を見たわたしも、思わずほっとしてしまう。

「じゃあ、何であんな態度だったんだよ」

「……ええと、なんかエルがすごく遠い人になっちゃったみたいで寂しくて、戸惑っちゃって」

「は？」

「わたしには、何もないから」

わたしなんて、おこぼれで貴族になったような人間だ。

あとは少し人より魔力が多いくらいで、胸を張れるようなことなんて何ひとつない。エルとは、住んでいる世界が違う。

そんなわたしに向かってエルは「本当、クソバカだな」と言うと、こつんと額と額を当てた。

「俺は何も変わってない」

「か、変わったよ、すっごく」

「まあ、お前からすれば変わったかもな。でも俺自身も、俺の気持ちも何ひとつ変わってない」

「……エルの、気持ち？」

「ああ」

エルは小さく頷き「それに」と続けた。

「お前に、何もないなんてことはないだろ」

「えっ？」

「そもそも、この俺がお前に何を求めてると思ってんだよ」

エルがわたしに、何を求めているのか。そんなこと、考えてみたこともなかった。いくら考えてみても、さっぱりわからない。

考え込むわたしを見て、エルは呆れたように笑う。

「お前はいつも通り俺の側にいて、俺を好きだってしつこく言ってるだけでいい」

そう言うと、エルはわたしをふわりと抱き寄せた。

エルの体温と優しい匂いに包まれ、じわじわと涙腺が緩んでいく。

「ほ、本当に、それだけでいいの？」

「ああ」

「それなら、いくらでも言う」

そして早速好きだと伝えれば、エルは「あと百回」なんて言うものだから、思わず笑ってしまう。

「……逆にわたしのこと、お子ちゃまだと思ってない？」

「まあ」

「えっ」

「大人ではないだろ、お前」

よく考えてみると、エルとわたしの年齢差はかなりのものだ。今なら、シャノンさんがわたしを幼女だとか赤子扱いしていた理由もわかる気がする。

エルと釣り合うように、もっと大人っぽくなった方がいいだろうか、なんて考えていた時だった。

「でも俺は、そんなお前がいいって言ってるんだけど」

そんな言葉に、ひどく安堵したわたしは「ずるい」「だいすき」と繰り返しながら、いつまでも泣いてしまったのだった。

◇◇◇

「……あれ、小さくなってる」

「ベッドが小さい上に、お前が暴れるから寝辛かった」

あの後、わたしはいつの間にか泣き疲れて眠ってしまったらしく、目が覚めた時にはなんと朝になっていた。

すぐ隣にはエルがいて、彼は何故か同い年くらいの姿になっている。魔力が戻った今はもう、自身の魔法で自由に好きな姿になれるんだとか。

昨晩お風呂にも入れていないと慌てれば、一瞬で綺麗になる魔法をかけてくれた。便利すぎる。

彼はやがて大人の姿に戻ると、思い切り両手を伸ばした。余程寝辛かったのだろうと、申し訳なくなってしまう。

「あ、今日一日休みになった」

「そうなの？　じゃあ今日はずっと一緒にいられる？」

「ああ」

「やった、嬉しい！」

わたしはまだ授業に出ないよう言われているし、なんだかサボりみたいになってしまうけれど、エルと一日ゆっくり過ごせるのはとても嬉しい。

「そう言えばエル、学園は？」

「辞める」

「えっ」

「これから忙しくなるからな」

「……そっか」

寂しいけれど、これればかりは仕方ない。

そもそもユーインさんも、呪いを解くきっかけになるからと魔法学園に通うよう勧めていたのだ。それが解けた今、魔法を極めている彼が、通う理由なんて何ひとつない。

「あれ、結局どうして呪いが解けたの？」

「…………忘れた」

「絶対うそだ、気になるから教えて」

「うるさい」

「ねえねえ、教えてよ」

そうして、いつものようにじゃれ合うつもりでエルに近づいた途端、ずるりとバランスを崩したわたしはなんと、彼を押し倒し、その上に跨るような体勢になってしまっていた。

「ご、ごめん……！」

慌てて退こうとしたけれど、いつの間にか手首をしっかりと掴まれていて、それは叶わない。

やがて彼は、ひどく真剣な表情でわたしを見つめた。

その瞳は何故か切なげに揺れていて、なんだかエルらしくない。不安になり、何かあったのかと尋ねようとした時だった。

「……お前にとって、数年はきっと長いんだろうな」

彼は突然そんなことを、呟いたのだ。

「どういう、意味？」

「いや、こっちの話」

「へんなの」

意味はわからなくともエルの表情やその雰囲気から、なんだか胸騒ぎがしてしまう。

とにかく、この体勢は落ち着かない。けれどエルの手は、未だにわたしの手首を掴んでいる。

「お、降りたいんですが」

「なんで」

「なんでとかじゃなくて、おかしいもん」

「俺のこと、好きなんだろ」

「それはもちろん、好きだけど」

「お前は本当に、何があってもずっと、俺だけを好きでいられんの」

そんな問いに、縋るような視線に、戸惑ってしまう。

やっぱり、今日のエルはなんだか変だ。何かあったのは間違いないけれど、さっきの様子を見る限りきっと教えてはくれないのだろう。

そんな彼に対してわたしにできることなんて、正直に答えることくらいだった。

「うん、ずっとずっと好き。ええと、エル以外にほんの少しでも気持ちが動いたら、死んじゃう魔法とかない？　そういうのかけても大丈夫なくらい、自信あるよ」

するとエルは一瞬、驚いたような表情を浮かべたけれど、すぐに「そんな魔法ねえよ」と困ったように笑った。

「……やっぱりお前のそういうところ、嫌だ」

そんな言葉が耳に届くのと同時に、掴まれていた手首が思い切り引かれて。次の瞬間には、唇と唇が重なっていた。

◇◇◇

キスされていると気が付いた時には手首を摑んでいたエルの手は後頭部へと回っていて、何度も角度を変え深くなっていくそれに、わたしは戸惑うことしかできない。

呼吸の仕方もわからず、やがて息苦しさを感じてエルの肩を両手で押せば、数秒の後、ようやく唇が離れた。

「っな……な、なな、なんで……」

「したくなった」

心臓が痛いくらいに早鐘を打ち、熱があるのではないかというくらい頰が熱い。

そんなわたしとは裏腹にエルは意地悪く口角を上げ、さらりとそう言ってのけた。

「でも、お前はしたくなかったみたいだな」

「そういうわけじゃ、ないけど……その、急だったし、」

「いちいち今からしていいか？　って聞いて欲しいわけ？」

「う、うーん……」

それもなんだか違う気がするし、恥ずかしい。とは言え今のは急すぎた上に、なんというか少し大人な感じだったことで、余計に戸惑ってしまったのだ。

「俺のこと、好きなんだろ？」

「う、うん」

「結婚するんだよな？」

「えっ？」

「は？　したくないわけ？」

「し、したいです！」

「じゃあ問題ないな」

そう言ってエルは笑うと、再び軽く唇を押し当ててきて。

恥ずかしさで死にそうになったわたしは、エルの綺麗な顔に思い切りクッションを押しつけてしまったのだった。


翌日、夜遅くまでエルとお喋りをしていたわたしは少し遅めに起き、部屋で一人身支度を整えていた。

……ちなみにあれからエルはいつも通りで、内心ほっとしていた。あの嫌な予感は、どうか勘違いであって欲しい。

結局、昨晩も一緒に眠ったエルは朝早くから仕事らしく、目が覚めた時にはもう姿はなかった。

少しだけ寂しい気持ちになってしまったけれど、これからは彼と一緒にいられる時間は減るのだ。慣れなければと、自分の頬を軽く叩いた。

「こんにちは、ジゼルさん。お待たせしました」

そして支度を終えそわそわしながら待っていると、やがてユーインさんが迎えにきてくれた。

彼もクラレンスも、そしてシャノンさんも皆、神殿に勤めていると知った時には本当に驚いたけれど、彼らの凄さを知っているからこそ、納得もした。

ユーインさんの転移魔法によって移動すると、広間のような場所にたどり着いた。真っ白で広く美しいこの場所はとても神秘的で、気持ちの良い空気に包まれている。

「こんにちは、ジゼル」

そして声がした方へと視線を向ければ、以前見学に来た際に話をした美しい女性と、その隣には何故かむすっとした顔をしたエルがいた。

同時に神殿長と呼ばれていたことを思い出し、慌てて「こんにちは」と返せば、彼女はくすりと笑った。

「呼びつけてしまってすまない」

「いえ、大丈夫です」

「会うのは二度目だね。私の名はマーゴット。エルヴィスやユーインの師であり、この神殿の長だ」

そう言って、マーゴット様は同性でもどきりとしてしまうくらいの妖艶な笑みを浮かべた。

その名前は今まで何度も耳にしていたけれど、まさか同一人物だったなんて思いもしなかった。

けれどあの日の言葉の意味が、少しわかった気がする。

「さて、私はジゼルと二人仲良く女子同士、お茶会をしてくるとしよう。エルヴィスは私の代わりを頼んだよ」

「女子？　どこに二人もいるんだよ」

そんなエルの言葉に対し、マーゴット様は笑顔のままべしりと彼の頭を叩くと「行こうか」とわたしに声をかけた。

わたしよりも背の高い彼女の後を、付いて歩いていく。やがて案内されたのは、過去にユーインさんとクラレンスと話をした部屋と同じ真っ白な部屋だった。

「コーヒーは好きか？」

「……ええと、あまり得意ではないです」

「はは、そうか。エルヴィスと同じだな」

マーゴット様は嬉しそうに微笑むと、いつの間にかすぐ側までやって来ていた女性に紅茶を淹れるよう指示した。そして彼女自ら、ぽとりと砂糖を落としてくれる。

「どうぞ」

「ありがとうございます」

ひと口飲んでみるとエルがいつも飲むものと同じ、わたしの大好きな甘さだった。彼女はきっと、わたしの何倍も何十倍もエルのことを知っているのだろう。

「さて、ずっとお前には色々と隠していたからな。今日は何でも聞いてくれ」

そう言ってもらえたものの、一体どこから尋ねればいいのかわからない。けれどすぐにマーゴット様は何かを思い出したように、美しい笑みを浮かべた。

「ああ、まずは礼を言わないとな。本当にありがとう」

「えっ？」

「エルヴィスに掛けた魔法を、解いてくれて」

「…………？」

その言葉の意味がわからず、わたしは首を傾げた。

今の言い方ではまるで、わたしがその魔法を解いたみたいではないか。

そんなわたしを見て、彼女もまた首を傾げた。

「……まさか、聞いていない？」

「は、はい」

「あいつが何故、元の姿に戻れたのか聞いていないのか？」

恐る恐る頷けば、マーゴット様は呆れたような表情を浮かべ、深い溜め息を吐いた。

「まあ、あいつが正直に言うはずもないか。誰よりも素直じゃない男だからな。最早告白のようなものだし」

「告白……？」

思わずそう呟くと彼女はくすりと微笑んで、手に持っていたティーカップを静かに置いた。

「私がエルヴィスに掛けた魔法は、人を愛することで解けるようになっていたんだ」

「……人を、愛すること」

「ああ、そうだ」

言葉の意味はわかっているはずなのに、理解が追いつかないわたしを見て、マーゴット様はやっぱり笑った。

「正直、私だってユーインだって誰だって、あいつが本当に誰かを愛することなんて無理じゃないかと思っていたよ」

「…………」

「ちなみに私の掛けた魔法は完璧で、強力だった。つまりはそういうことだ」

そんなマーゴット様の言葉に、わたしの瞳からはぽたり、ぽたりと涙が零れ落ちていく。

もちろんエルに好かれていることも、大事にされていることもわかっていた。けれどエルがそんなにもわたしを想ってくれていると思うと、やはり嬉しくて仕方なかった。

「……あいつは元々、他人にも自分にも興味がなかったんだ」

「えっ？」

「私には、いつ死んでもいいと思っているように見えたよ。自分自身を大切にせず、無茶な戦い方をすることも多かった」

初めて聞くそんな話に、わたしは驚きを隠せずにいた。

「だからこそ、いざという時、あいつは平気で自分を犠牲にするという確信があった。けれど大切なものができれば、それも変わるんじゃないかと思ったんだ」

「大切な、もの……」

「親の愛情も知らないまま育ち、神殿では自由もない。そんなエルヴィスには普通の生活をして、普通の友人を作り、普通の恋愛をさせてみたかった。だから私は周りを納得させる為にも、あいつがやらかしたタイミングで反省させる為だと言い、追い出すような形を取った」

エルが神殿を追い出されたことに、そんな背景があったなんて。マーゴット様が誰よりもエルのことを想い、心配していたことが伝わってくる。

魔法を使えないようにしたのも、苦労をさせ魔法を使えない人間を見下していた部分を反省させたかったのだという。

「金は十分持たせていたし、生活するための家なんかも全て用意していたのに……そこに向かう途中で、ゴロツキに喧嘩を売った末、奴隷なんかにされて……」

彼女は再び深い溜め息を吐くと、苦笑いを浮かべた。出会った頃のエルを思い出せば、なんだか想像がついてしまう。

「あいつが必要となる時期まで、本来は何年、いや何十年でも待つつもりだったんだがな。すぐに無理だろうと諦めて、神殿に戻そうと思っていたそんな時、お前が現れた」

あの日、初めてエルと会った時のことを思い出す。マーゴット様の言う通り、いつ死んだっていいと思っていたとしても、流石にあんな場所にいるのは嫌だったのだろう。

きっと、わたし達があんな場所で出会えたこともきっと、偶然ではなかったような気がした。

「あいつは変わったよ。ジゼル、お前のお蔭だ」

「……はい」

「エルヴィスに、愛を教えてくれてありがとう」

そう言って、彼女はテーブルの上に無造作に置いていたわたしの手に自身の手を重ねた。

そんな言葉やあたたかな体温に、再び涙が溢れてくる。

「どうかこの先も、あいつの側にいてやって欲しい」

「っはい、もちろんです」

何度も深く頷けば、彼女は嬉しそうに微笑んでいた。

◇◇◇

「エルヴィス、ジゼルを送っていきなさい。今日はそのまま帰っていいぞ」

あの後もマーゴット様と色々な話をして、先程の場所へと戻ると、相変わらず不機嫌な顔をしたエルの姿があった。

「余計なこと言ってねえだろうな」

「ははっ、余計なことしか言っていないが」

「は？　ふざけんなババア」

そんな汚い言葉を使ったエルの頭を再び思い切り叩くと、彼女は真剣な表情を浮かべた。

「それと、一週間休みをやる。その間に全部伝えておけよ」

そう告げた途端、エルの様子が明らかに変わる。

「もう、時間なのか」

「ああ。すまない」

「……わかった」

エルはマーゴット様の横を通り過ぎ、こちらへやってくると、何も言わずにわたしの手を取った。

「またな、ジゼル。今度は美味い菓子を用意しておくよ」

「あっ、はい。ありがとうございま、」

そこまで言いかけたところで、エルは急に転移魔法を使って。最後までお礼を言うこともできないまま、わたしはあっという間に学園内のエルの部屋へと移動していた。

「び、びっくりした！　一言くらい言ってほしかったな」

「…………」

「……エル？」

その場に立ち尽くしたままの彼の表情は、ひどく暗い。

何かあったのかと不安になっていると、何故かいきなり「どこか、行きたい場所はあるか」と尋ねられた。

「行きたい場所？」

「ああ。ババアが一週間休みをよこしたから、お前の行きたい場所に行ってやってもいい」

「……ほ、ほんとに？　旅行ってこと？」

そう尋ね返すと、彼は頷いた。エルとまた旅行に行けるなんて夢みたいだ。嬉しくなって抱きつけば、髪の毛がぐしゃぐしゃになるまで撫でられてしまう。

サボりになってしまうけれど、しっかり学校には休みの手続きを取っておかなければ。

――けれど突然、あんなにも忙しそうだったエルが一週間も休みを貰えるだなんて、不思議で仕方ない。先程のマーゴット様とのやり取りも、なんだか気がかりだった。

「で？　どこがいい」

「エルが生まれた場所って、どこなの？」

「は？　なんだよ急に。田舎の、クソみたいな場所だけど」

「そこに、行ってみたい」

わたしがそう告げると、エルは訳がわからないという表情を浮かべていたものの、やがて首を縦に振ってくれた。

「絶対つまんねえし、後悔しても知らないからな」

「ふふ、しないよ」

「あっそ」

「ありがとう！　本当に本当に楽しみ！」

そうして、わたし達は二人でエルの故郷へ旅行に行くことになった、けれど。

とても楽しみで仕方ないはずなのに、いつまでも胸のざわつきは治まらないままだった。

第六章

おとぎ話はもうお終い

「とってもいい天気だね！　旅行日和って感じで嬉しい」

「あっそ」

休みもあっという間に4日が経ち、旅行当日の朝、エルは少しご機嫌斜めだった。

せっかくの旅行なのだから馬車で移動したいわたしと、転移魔法で一瞬で移動すればいいだろうというエルで揉めたからだ。

結局行きは馬車、帰りは転移魔法ということで決まった。一瞬で移動してしまっては、せっかくの旅行感が薄れてしまう気がする。

エルは大人の姿に戻っても中身は相変わらず子供っぽくて、なんだか安心した。

「お喋りしていればきっと、あっという間だよ」

「俺は寝る」

「じゃあわたしも寝る」

昨晩はワクワクしてほとんど眠れず今朝も早起きだったせいもあり、かなり眠たかったのだ。

隣に座るエルの身体に、そっと頭を預ける。機嫌は良くないものの嫌ではないらしい。以前とは違う高さに不思議な気分になりながら、わたしはそっと目を閉じた。

そしてそれから、二日半かけてエルの故郷である村に辿り着いた。途中の街で少し観光をして、珍しいお菓子を沢山買い込んでからというもの、エルの機嫌も良くなっている。

エルは生まれてから七歳までこの村に住んでいたらしく、ここに来るのは百五十年ぶりだという。

豊かな自然に囲まれていて、家らしき小さな建物があちこちにある。空気がとても美味しい、素敵な場所だった。

――ここが、エルの生まれた場所。

こうして一緒に来れたことが嬉しくて、思わず視界が揺れた。気付かれないようにぐっと堪えて笑顔を作り、手を引かれたまま歩いていく。

「……何も、変わってない」

「そうなの？」

「ああ。呆れるくらいにな」

そう言ったエルの横顔は、少しだけ嬉しそうに見えた。

それからは二人で、村を歩いて見て回った。いつも少し歩いただけで「疲れた」「だるい」と言っていたエルも、今日は文句ひとつ言わずに歩き続けている。

「ここに、家があった」

「エルの？」

「ああ。貧乏な七人兄弟の末に生まれて、いつも腹を空かせてた。両親はクソみたいな奴らだった」

こうしてエルが、過去のことを話してくれるのは初めてだった。

彼の家があったという場所にあった、ちょうど二人並んで座れそうな木の板に腰を下ろす。

「魔法を使えるようになってすぐにクソ親が騒いだことで、偶然村の近くを通った神殿の人間に、王都に連れて行かれた」

「……うん」

「あいつらは多額の謝礼金を貰ったくせに、俺に対しては一言もなかった。子供ながらに、売られたんだと思った」

マーゴット様が言っていた『親の愛情を知らないまま育った』という言葉の意味を、わたしはようやく理解した。

出会った頃、エルがあんなにも他人に興味がなく、「家族なんていないし、いらない」と言っていたことにも、納得がいった。

わたしは貧乏だったけれど、母には愛されて育ったのだ。エルがどれだけ辛かったか、寂しかったか、悲しかったか、わたしにはわからない。

ただ話を聞くことしかできない無力さが、ひどくもどかしかった。

「それからはずっと、神殿に閉じ込められてひたすらに魔法を学ばされて、働かされて。クソみたいなつまんねえ人生だと思ってた。その上、他の人間の数倍も長いんだからな」

エルは深い溜め息を吐き、今にも泣き出しそうな顔をしているであろうわたしを見つめると、「ま、今はこれで良かったと思ってる」と口角を上げた。

「じゃなきゃ俺は一生この村で過ごして、お前が生まれる百年以上前に死んでただろうしな」

「エル……」

「ずっと、あいつらを恨んでると思ってたんだ。でも実際、この場所に来て過去を思い出しても、何も思わなかった」

一体誰のせいだろうな、なんて言って笑う姿に視界がぼやけていく。

「お前と来れて、良かった」

「っわ、わたしも、エルと来れてよかった」

「ああ」

結局、我慢しきれずに泣き出してしまったわたしの頭を、エルは優しく撫でてくれたのだった。

◇◇◇

その日の夕方。この村唯一の宿泊できる場所へと辿り着くと、人の良さそうなおばさんが温かく出迎えてくれた。

そして玄関を抜けてすぐ、一冊の本が目に留まる。

「あれ、この絵本……」

そう、そこにあったのはわたしが持っている物と同じ「やさしい大魔法使い」という絵本だった。

わたしが持っている物よりもずっとボロボロだったけれど、百年も前の本ならば当然なのかもしれない。

絵本をじっと見つめていることに気が付いたのか、おばさんが声をかけてくれた。

「ああ、実はね、この村で大魔法使い様が生まれたって言われているんだよ。本当なら、とても光栄なことさね」

「そうなんですね……！」

絶対に本当ですよ！　と返せば、おばさんは嬉しそうに微笑んでくれた。エルはなんとも言えない表情を浮かべ「くだらな」なんて言っている。きっと、照れているのだろう。

この本を借りていきたいとお願いした後、わたしはエルと共に宛てがわれた部屋へと向かった。

「なんでそんなもん持ってきたんだよ。寮にあるだろ」

「エルと読みたい気分だなあって」

「俺は読まない」

エルはそう言うと、硬いベッドに横になった。わたしはそんな彼の側に腰掛けると、絵本をそっと開いた。

「これ、エルなんだよね？」

「俺だけど、俺じゃない。前に言っただろ、イメージアップの為に捏造(ねつぞう)されたものだって」

「なるほど……」

絵本の中の「大魔法使い」は、いつも柔らかな笑みを浮かべ、沢山の人々を救っていた。確かに、目の前にいるエルとはあまりにもイメージが違いすぎる。

「わたしね、ずっとこのお姫様になりたかったんだ」

「ならない方がいい」

「えっ？」

「その女のモデル、誰か知ってるか？　シャノンだぞ」

「ええっ？」

「あのバカ、絵本作家を買収して自分に似たキャラクターを登場させやがった。ババアにこっぴどく怒られてたけどな」

そんな話に、思わず笑みが溢れる。

シャノンさんらしいと思うのと同時に、わたしは内心少しだけ安堵していた。過去に実際にエルとお似合いのお姫様がいたら、絶対にもやもやしてしまっていたからだ。

「明日、帰るの寂しいな」

「……そうだな」

なんだか今日は、エルがとても素直だ。わたしはそっと絵本を閉じると、近くにあったテーブルにそれを置いた。

「お休みが終わったら、エルはまた忙しいの？」

そう尋ねればエルは何故かひどく寂しげな、悲しげな表情を浮かべて、やがて彼は身体を起こすと、わたしをじっと見つめた。

その美しい瞳は、不安の色で揺れている。

「……もしかして、あんまり会えなくなる？」

最近、よく感じていた嫌な予感が大きくなっていく。

そしてわたしの問いに答えることはないまま、エルは言った。「話がある」と。

「……聞きたく、ない」

真剣な表情を浮かべたエルの様子を見ていると、心臓が嫌な音を立てていく。

その先の言葉を聞くのが、怖かった。

「ジゼル」

「っやだ、聞きたくない」

「お前には、話しておきたいんだ。頼む」

まるで子供をあやすような優しい声だった。エルがそんな風に言うのは初めてで、余計に不安になる。

それと同時に、いつも余裕たっぷりだった彼の瞳に、不安の色が濃く滲んでいることにも気が付いてしまった。

不安なのはきっと、わたしだけではない。

これ以上逃げてはいけないと思ったわたしは、ぎゅっと両手を握りしめた。

「……ごめんね、エル。やっぱり聞く」

「ん」

小さく頷けば、そっと頭を撫でられた。やがてエルは小さく笑うと、テーブルの上にあった絵本を手に取り、ゆっくりとページを捲り始める。

そして、とあるページで手を止めた。

「お前、前にこれが何か聞いてきただろ」

「うん」

大魔法使い様が、黒い大きな化け物みたいなものを倒しているシーンだった。目も口もない、ひたすら黒く塗りつぶされたそれは、子供の頃から怖かった記憶がある。

『ねえエル、この黒いのって何か知ってる？　魔物図鑑にもこんなのいなかったけど』

『…………知らん』

そして彼と以前、そんな会話をしたことも覚えていた。

「これは『パンドラの澱(おり)』なんて呼ばれてる、厄災だ。死という概念が存在しない」

「厄、災……」

初めて聞いたものの、不吉なその名や厄災、死ぬことがないという言葉に、胸の中の嫌な予感が膨らんでいく。

「そして大魔法使いの、俺の役割はその封印だ」

言葉を失うわたしに、彼は尚も続けた。

「数百年に一度復活するそいつを封印し直さないと世の中は魔物で溢れ返って、人間なんてあっという間に滅ぶ」

「……っ」

「最近、魔物の出現率が上がっていたのも全て、そいつの復活が近づいているからだ」

魔物が出ないはずの場所に現れたことも、Sクラスほどの魔物が突然現れたことも全て、それが原因だったという。

「過去の大魔法使いも皆、そうしてきた。とは言え、封印の効果はいつかは切れる。今回は俺の番ってだけだ」

「大丈夫、なの……？」

「まあ、半分は死んでるな。とは言え、俺達は魔法で封印しきれなかった場合、自身を代償にして封印できる。死んだ奴らはその方法を取ったに過ぎない」

　そんなエルの言葉に、わたしは頭を思い切り殴られたような衝撃を受けていた。

　この平和な世界は、そんな犠牲があった上で成り立っていたなんて、知る由もなかったのだ。

「明日お前を送り届けた後はすぐ、ババアに道を作らせて魔窟と呼ばれる異空間に向かうつもりだ」

「エルひとりで、いくの……？」

「俺以外はそこで生きていることすらできないからな」

「そんな、」

　過去の大魔法使いの半数が命を落とすような相手とエルはこれから一人で対峙するだなんて、考えたくもなかった。

「っエルなら、大丈夫だよね？　すぐ、帰ってくるよね？」

「異空間の中では、時間の流れが違う。だから、こっちでは何日なのか何年なのか、何十年なのかわからない」

　つまり彼が無事に帰ってきたとしても、わたしはその頃何歳になっているのかすらわからないということになる。

　さっきまで楽しく旅行をしていたはずなのに、頭の中は悲しみや不安で、めちゃくちゃだった。

「な、なんで、エルなの、やだよ」

「俺が大魔法使いだからだ」

「……っ」

「そんな顔すんな、俺だって死ぬつもりはねえよ」

彼はまっすぐにわたしを見つめ、そう言い切った。

「……元々は面倒になったら、さっさと俺ごと封印してやろうと思ってたんだけどな」

そうした方が楽なくらい、封印するのは辛く苦しいらしいと、彼は苦笑いを浮かべたけれど。

「お前のせいで、死ぬのが怖くなった」

そんな言葉を聞いたわたしはもう、限界だった。

子供みたいに、みっともなく声を出して泣いていた。

「ガキの頃からこうなることはわかってて、とっくに覚悟なんてできてたのに、ほんとお前って何なわけ」

ぼろぼろと溢れ出すわたしの涙を、困ったような表情を浮かべたエルは指で拭っていく。

そして、そのまま両手でわたしの両頬を包むと、彼は「ひってえ顔」なんて言って笑って。

「一度しか言わないから、よく聞けよ」

きっとこの世のどんな物よりも綺麗なふたつの碧眼で、まっすぐにわたしを見つめた。

「好きだ」

泣きたくなるくらいに、優しい声だった。

――こんな時に初めてそれを言うなんて、エルは本当にずるいと思う。

ずっとずっと、聞きたかった言葉だった。嬉しくて悲しくて、嬉しくて。涙が余計に溢れてくる。

きっと、わたし以上に辛いのも悲しいのも不安なのも、エルだった。それでも彼は全てを受け入れた上でわたしのことを想い、気遣ってくれている。

それなのに、わたしがいつまでもこんな態度でいてはいけない。唇をきつく噛むと、服の袖で思い切り涙を拭った。

「っ前に、約束したよね。もしもエルが、誰かのことを好きになったら何でもお願い事、きいてくれるって、」

「……ああ」

『じゃあもしそうなったら、何でもお願い事聞いてね』

『はっ、いくらでも聞いてやる』

『しかと聞きましたからね！』

あの頃はわたし自身、誰かを好きになるなんて思っていなかったし、その相手がエルだなんて想像もしていなかった。

そして彼がわたしを好きになるなんてことも、もちろん考えたことすらなかったけれど。初めて会ったあの日から、全部決まっていたことなのかもしれないと、今は思う。

「っわたし、ずっと待ってるから、」

「…………」

「いつまでも、待ってる。ずっとエルのことだけ、大好きでいるし、絶対によそ見もしないで、待ってる、から、」

何度も何度も拭っても涙は止まらず、エルの顔がぼやけていく。声が、震える。

それでも必死に言葉を紡いだ。

「っ絶対に、生きて戻ってきて、迎えに来てね」

そう告げた次の瞬間、わたしはエルの腕の中にいた。

まるで存在を確かめるかのように、きつく抱きしめられる。

わたしもまた、その背中に腕を回した。

「絶対、戻ってくる」

「うん」

「さっき言ったこと、忘れんなよ」

「わかってる、けど、あんまり遅かったらわたし、おばあちゃんになってるかもしれない」

「気にしない」

「わ、わたしが気にするよ」

「お前なら、何でもいい」

顔を見合わせて、お互いに小さく笑う。

「……エル、だいすきだよ」

「知ってる」

それからずっと、わたしはエルの腕の中で「大好き」と「ずっと待ってる」を繰り返し続けたのだった。

◇◇◇

翌朝、目が覚めた時にはわたしは寮の自室にいて。そこにはもう、エルの姿はなかった。

そしてふと左手の薬指には見覚えのない、彼の瞳によく似た宝石が輝く指輪が嵌められていることに気が付いた。

「……ほんと、エルはずるいね」

もう泣かないと決めたはずなのに、それに触れ、眺めているうちに少しだけ泣いてしまった。

けれどこれからはエルがいつ戻ってきても大丈夫なように、彼に恥じない存在になれるように。

精一杯、前へ進むことをわたしは誓った。

第七章

ひとつの恋が終わる時

「夏休み、楽しかったですね」

「うん。リネのご家族のお蔭で本当に楽しかった。ありがとう」

「こちらこそ、ありがとうございました。弟達も、ジゼルに会えて喜んでいましたから。今頃寂しがっていると思います」

魔法学園に入学してから三度目の夏休みが終わり、新学期が始まった。

ハートフィールド伯爵家には絶対に帰りたくなかったわたしは、去年も今年の夏休みも、大半をリネの家で過ごさせてもらっていたのだ。

そのお蔭で寂しいと思うこともなく、むしろ毎日を楽しく賑やかに過ごすことができ、彼女やご家族には感謝してもしきれなかった。

「本当に、子供の成長って早いね。一年でこんなにも大きくなるんだ、ってびっくりしちゃった」

双子の弟くん達の成長にも、毎年驚かされている。

「ジゼルだって、すごく大人っぽくなりましたよ。きっと、エルヴィス様も驚くと思います」

「ふふ、そうだといいな」

今のわたしを見たら、エルは一体どんな顔をするだろう。相変わらずクソガキ、なんて言って笑うのだろうか。そんな想像をしては、思わず笑みが溢れた。

……エルと会えなくなってから、二年が経った。

十七歳になったわたしは、今や最終学年である三年生だ。とある目標のためにひたすら勉強し、魔法を学ぶ充実した日々を送っている。

クラスはもちろんSクラスのままで、リネやクライド様、クラレンス、シャノンさんも一緒で、今も変わらず皆とは仲が良く、一緒に食事をしたり勉強をしたりと楽しく過ごしている。

変わったのは、エルがいないということだけ。

──会いたいと、何度願っただろう。

彼がいなくなって改めて、一緒に過ごした日々がどれだけ幸せで、大切だったのかを思い知った。わたし自身、二年経ってもエルへの気持ちは何ひとつ変わっていない。自分でも驚くくらいに、彼のことばかりを考えている。

彼に貰った指輪も、常に身に着けていた。高い性能を持つ魔道具らしく、かなりの時間をかけて作ったものだろうとユーインさんが教えてくれた。以前危険な目に遭った時にも、この指輪がわたしを守ってくれた。何よりも大切な宝物だ。

こちらでは二年が経ったけれど、エルの方では一体どれくらいの時間が経っているのだろうか。

やはりマーゴット様ですら想像がつかないという。

『お前が変わらない日々を送ることが、エルヴィスにとっては何よりも幸福だと思うよ』

エルのために何もできることがない、無力な自分をもどかしく思ったりもしたけれど、マーゴット様のそんな言葉を受けて、わたしは彼の無事を祈りながら今日も平和に、幸せに暮らしている。

「そして、今年もこの時期が来ましたね。腕が鳴ります」

「そうだね。リネの衣装、とっても楽しみ」

「本当はジゼルにも着ていただきたかったんですが……。もう台本も完成したと聞きました」

「うん。今年のは今までで一番濃いラブストーリーだよ」

そう、もうすぐ学園祭の時期なのだ。

一年生の時にクライド様と演劇に出て最優秀賞を獲った結果、二年目、そして三年目の今年も演劇にあっさり決まった。

とは言え、わたしは以前エルに『もう二度と劇になんて出るなよ』『演技でも何でも、俺以外に好きとか二度と言うな』と言われたことで、出演はしないことにしている。

そしてそんなわたしは去年も今年も、何故か監督的な立ち位置になっていた。

「美男美女の濃いラブストーリー……！　今年も最優秀賞間違いなしですね」

「ね、わたしも頑張らなきゃ」

「はい。ジゼルのアドバイス、的確だって去年も評判でしたよね。主演として出てもらいたいくらいだって、皆言っていましたよ」

「ふふ、そうかな？　ありがとう」

去年はヒロインの役を別の子に代わってもらい、一年生の時に披露した劇の続編を発表したのだ。

一年生の時のわたしは、何もかもを投げ出してもいいくらいに誰かを好きになるヒロインの気持ちなんてさっぱりわからなくて、戸惑いながらも演技をしていた記憶がある。

けれど去年は不思議と、自分でも驚くくらいに的確なアドバイスができていたように思う。

そしてその理由は、なんとなくわかっていた。

あの頃は理解できていなかった感情を、今のわたしは知っているからだろう。誰かを想う喜びも、悲しみも、全部全部、知っているからだ。

「あ、わたし、そろそろ行くね。今から台本をもらって打ち合わせをするんだ」

「はい。頑張ってくださいね」

リネに手を振り別れると、わたしはカフェテリアを出て教室へと向かったのだった。

「二人とも、もう来ていたんですね」

「はい。用事が早くに終わったので、先に来て台本を読んでいました。これがジゼルの分です」

「お疲れ様です。ありがとうございます」

わたしはクライド様から完成したての台本を受け取ると、彼の前の席の椅子を反対側に向け、そこに腰を下ろした。

クライド様のすぐ隣の席に座っていたクラレンスは、眉を顰めながら台本に目を落としている。

ちなみに本来ならばここにいるはずだったシャノンさんは、今日は授業ごとサボっていた。

ぱらぱらと台本を捲っていく。原作の小説は読んでいたため、話の流れはすでにわかっている。

「それにしても、シャノンさんとクラレンスが恋人同士でクライド様と三角関係って、なんだかすごい話だよね」

「趣味が悪すぎるだろう、なんなんだこの話は。そして、どうして俺が……」

クラレンスはそう呟くと、深い深い溜め息を吐いた。

今回の劇は流行りのロマンス小説を元にしたもので、主人公であるクラレンスとヒロインであるシャノンさんのラブストーリーだ。

様々な障害を乗り越えて二人が幸せになるという話なのだけれど、その障害というのが身分差であったり、ヒロインを愛するクライド様だったりするのだ。

とにかくたくさんの問題を乗り越えながら、真実の愛を貫く話だった。

「俺とシャノンのキスシーンなど、誰が得をするんだ」

「ふふ、クラスの子達はみんな楽しみにしているみたいだよ」

お話としてはとても面白くて魅力的だけれど、このメンバーでやるのにはやはり少し不安がある。

クラレンスとシャノンさんは今も、顔を合わせれば「クソ女」「クソメガネ」と言い合う仲なのだ。

そんな二人が愛し合う恋人役など、本当にできるのだろうか。

ちなみにクラレンスは一度うっかりでメガネが壊れ、美少年なのがバレてしまってからというもの、一定数の女子から人気がある。

劇に出るのは絶対に嫌だと断っていたものの、クライド様の「最後ですし、皆で思い出作りがしたいです」という言葉を受けて、クラレンスは最終的に首を縦に振っていた。正直、意外だった。

本来ならば例年通りクライド様が主人公の予定だったけれど、最近の彼はかなり忙しいようで練習時間もあまり取れないため、一部の女子からの熱烈な要望によりクラレンスが主人公役になったのだ。

シャノンさんはというと、クラスメイト達に「ぜひヒロインを！」「シャノン様しかあり得ないです！」と推され、「ま、仕方ないわね」とあっさり承諾してくれた。

とにかく決まった以上は、このメンバーで最高の作品を作り上げたい。みんなとの学園祭も、これが最後なのだから。

「ねえ、クラレンス。ここ読み上げてみて」

「ん？　俺は君じゃないとだめなんだ、寝ても覚めても君のことを想っている。誰よりも愛して……おい待ってくれ本当に俺がこれをシャノンに言うのか嘘だろ」

「ふふ、頑張ってね」

「とても楽しみですね」

頭を抱えるクラレンスを他所に、クライド様と顔を見合わせて笑う。なんだか楽しくなりそうだと思いつつ、わたしも頑張らなければと気合を入れた。


やがてクライド様を馬車まで見送り、護衛を交代した後、クラレンスはわたしに「送る」と言ってくれた。お言葉に甘え、二人で女子寮までの道を歩いていく。

この二年で彼とも、すっかり気が置けない間柄になったように思う。

未だに素っ気ない態度や物言いをする時もあるけれど、彼が誰よりも優しい人だということはわかっていた。

「それにしても、クラレンスが本当に演劇に出るとは思わなかったな」

「俺だってそうだ」

「クラレンスって、クライド様に甘いよね」

昔から彼はわたしに対しては厳しい態度だけれど、クライド様には甘いのだ。そしてそれは、護衛対象だからという理由だけではないような気がしていた。

「クライド様は本当に素晴らしい方だからな。それに誰よりも苦労を、」

そこで、突然ぷつりと言葉が途切れた。彼はハッとしたように片手で口元を覆うと、「何でもない。忘れろ」と言い、すたすたと歩いて行ってしまう。

クラレンスがこうしてエル以外の誰かを褒めるのは、とても珍しい。

いつも一緒にいる彼がここまで言うのだ、クライド様は本当に素敵な方なのだろう。もちろん、それはわたしも日々感じていたことではあった。

その一方で、クラレンスが言いかけた「誰よりも苦労を」という言葉が気がかりだった。そんな気持ちが顔に出ていたのだろう。クラレンスはわたしを見ると、深い溜め息を吐いた。

「とにかくクライド様は、色々抱えていらっしゃるんだ」

「……そうなんだ」

三年生になってからかなり忙しい様子であることや、寮住まいではなく毎日王城から登校するようになったことも、関係しているのだろうか。

時折、ひどく疲れたように見えるのも気がかりだった。直接尋ねてみたところで、いつもクライド様は笑みを浮かべ「なんでもないですよ」と言うだけで。

何か力になりたいとは思うけれど、わたしにできることなど何もないこともわかっていた。もどかしさを感じながら、赤や黄に色付き始めた木々の下を歩いていく。

「それよりお前、試験勉強は進んでいるのか？」

「うん。一応ね」

「知人だからと言って、容赦はしないからな」

「はい、わかってます！」

なら良いが、と鼻を鳴らすクラレンスに、つい笑ってしまう。

実は数ヶ月後に、わたしは神殿で働くための試験を控えていた。卒業後の進路の第一希望が、神殿内にある治療院なのだ。そこで自身の魔法を生かし、働いていけたらいいなと思っている。

とは言え、毎年かなり少ない人数しか受からない上に、国中から応募者が殺到するため倍率は恐ろしく高い。この国の中でも、トップクラスに難しい試験だと言われていた。

正直、わたしは魔力量に関しては自信はあるものの、筆記試験はかなり不安だった。それでも、やれるだけの努力はするつもりだ。

神殿で働く皆の仕事についても知る機会が増え、尊敬や憧れの念を抱くようになった今、わたしは絶対に受かりたいと思うようになっていた。面倒臭いが口癖のシャノンさんも、実は仕事となると誰よりもしっかり完璧にこなすのだ。その姿は、とても格好いい。

試験は筆記や実技など色々あるけれど、面接や実技試験の試験官としてクラレンスも参加するらしく、先ほどの言葉に繋がっていた。

「絶対に受かって、エルを驚かせたいんだ」

「……そうか」

クラレンスは「頑張れよ」とだけ言うと、くいと分厚いメガネを押し上げた。

「エルだって、今頃頑張っているんだもん。わたしだって頑張らなきゃ」

「お前は強いな」

「ううん。強くなんてないよ」

わたしは全然、強くなんてない。強がっているだけだ。未だに、不安や心配で押し潰されそうになることも、泣きたくなることもある。

今すぐにだってエルに会いたい。会いたくて仕方なかった。

けれど唯一救いとなっているのが、マーゴット様の持つ水晶だった。彼女とユーインさんが作り上げた魔道具であるそれによって、エルの安否がわかるようになっているのだ。水晶が割れない限り、エルは無事なのだという。

二年経った今も、水晶は変わらずに光り輝いている。それが何よりの支えだった。

そして彼がくれた左手の薬指の指輪を見れば、どんなことだって頑張れる気がした。

「まあ、たまに指導くらいならしてやってもいい」

「ありがとう。クラレンスがいてくれたら、心強いもの」

「フン」

やがて女子寮に着き「じゃあな」とだけ言い、すぐに背中を向けて歩いて行ってしまうクラレンスに、慌ててお礼を言う。相変わらず態度は素っ気ないものの、やっぱり彼は優しい。

そうして自室へと戻ったわたしは、台本の読み込みと勉強を続けたのだった。

◇◇◇

「あら、美味しい。今回の期間限定のケーキは大当たりよ」

「そうなんですね。わたしも次は頼んでみます」

「ええ。ジゼルも好きだと思うわ」

ある日の放課後、学園内のカフェにてわたしの向かいで新作マロンケーキを食べていたシャノンさんは、満足げな笑みを浮かべていた。

割と辛口な彼女がそう言うのだから、かなり美味しいに違いない。

「それにしても、一般人は大変ねえ。試験なんて面倒でしょうに」

完全に他人事だという顔をしているシャノンさんは、わたしが読んでいた資料へと視線を向けた。

今日はクラレンスとシャノンさんと放課後、三人で演劇の練習をすることになっている。

それまでカフェで勉強をしようとしていたところ、彼女も一緒に行くと言ってくれて今に至る。

「クラレンスも実技や魔力量については大丈夫そうだと言ってくれているんですが、筆記試験はかなり厳しそうで……」

「お前、頭が悪いものね」

「う」

元々読み書きで精一杯だったわたしは、かなり努力はしてきたものの、決して成績は良いとは言えない。それでも諦めず時間さえあれば勉強に充てているのだけれど、やはり不安は尽きなかった。

「まあ、実技や魔力量さえずば抜けていれば治療院なら大丈夫よ。安心しなさい」

「頑張ります……」

実は、神殿に勤める人々は二種類にわかれている。

試験に受かって働く一般の人々と、シャノンさんやクラレンス、そしてユーインさんといった「選ばれた者」と呼ばれる人々だ。

この国には、一人の「大魔法使い」と五人の「選ばれた者」が必ず存在するのだという。

今代の大魔法使いであるエルの能力はもちろん群を抜いているものの、「選ばれた者」もまた、それぞれが他の人間とは比べ物にならないほどの力を持っているらしい。そして、一定の年齢で老化がほぼ止まり、その寿命はかなり長いんだとか。

実はマーゴット様も「選ばれた者」の一人で、彼女はエルに次ぐ力を持っているという。あと一人はまだ会ったことはないけれど、クラレンスは「会わなくていいレベルのクソ野郎」と言っていた。逆に気になってしまう。

つまり、シャノンさんは試験などなしに神殿で働いている側の人間なのだ。だからこそ、「一般人は大変ねえ」と言っているのだろう。

ちなみに他国の皇女の付き添いというていで入学した彼女は、すでに皇女が国に戻り仕事は終えたにも拘わらず、今も学生生活を続けていた。日頃「だるい」「面倒くさい」「子供まみれ」なんて文句を言っている割には、学生生活を楽しんでいるようで嬉しくなる。

どうやらシャノンさんにも辛い過去があるようで、卒業までは好きにさせてやりたいと、仕事をしつつ学園に通えるよう、マーゴット様がうまく取り計らってくれたらしい。

「どちらかというとお前は、私達寄りな気もするんだけどね」

「そうなんですか？」

「ええ。その魔力量は、異常だもの」

シャノンさんはそう言うと、じっとわたしを見つめた。

「今代はすでに五人揃っているから、お前が一般人なことに変わりはないんだけどね」

彼女はそう言ってティーカップをことりと置くと、深い溜め息を吐いた。

「あーあ、エルヴィスに会いたいわ」

「はい。本当に、エルに会いたいです」

「それにしてもお前も本当に一途よね。エルヴィス以上の男なんていないけど、お前くらいの歳なら少しくらい目移りするものじゃないの？」

「そんなこと、絶対にしませんよ」

「お前、人気もあるのにね。私ほどじゃないけれど」

エルがいなくなってからというもの、男子生徒から声を掛けられたり、一緒に出かけないかと誘われたりすることが一時期かなり増えた。もちろん、以前エルに言われた通り、全てその場でお断りしているけれど。

「あ、そろそろメガネが来る時間じゃない？」

「はい。行きましょうか」

クラレンスの委員会仕事が終わり次第、合流することになっていたのだ。会計を済ませてカフェを出て、二人で校舎へと戻っていく。

すれ違う男子生徒達は皆シャノンさんに見惚れ、足を止めて振り返っている人もいる。彼女の圧倒的な美貌には、同性のわたしですらどきりとしてしまうことが多々あった。

けれど男子生徒が話しかけたところで彼女が無視をするのは今や有名な話で、誰も声を掛けてこようとはしない。

「……サマンサ」

「あら、お姉様じゃない」

そうして他愛ない話をしながら廊下を歩いていたところ、階段で出会したのはサマンサだった。

わたしよりひとつ年下の彼女は現在、魔法学園の二年生だ。サマンサは寮ではなくハートフィールド伯爵家から通っており、学年も違うため広い校舎内で顔を合わせることはほとんどない。

それでもサマンサは、とにかくわたしの存在が気に食わないようで、いつもわたしに関する悪い噂を広めているようだった。

もちろん、わたしや周りの友人達はそんなものなど気にしていないし、放っておいているのだけれど。一応は姉であるわたしを悪く言うのは、伯爵家や自分のイメージが悪くなることにも繋がるとは、さっぱり考えていないらしい。

「相変わらず、神殿に勤めるだなんて言って勉強を頑張っていらっしゃるの？」

「…………」

「無駄な努力だこと」

どこで聞きつけたのかは知らないけれど、彼女は会うたびにわたしに神殿で働くなど絶対に無理だと馬鹿にしてくるのだ。読み書きで精一杯だったわたしを知っているからこそ、余計にそう思っているのかもしれない。

このまま無視をして行こうとしたところ、隣からちっと舌打ちが聞こえてきた。

「ぶーぶーうるさいわね、子ブタちゃんは」

「は？」

「意地悪な顔をしていると、余計にブスになるわよ」

シャノンさんはそう言ってのけると、誰よりも美しい笑みを浮かべた。その迫力に、わたしまでどきどきしてしまったくらいだ。

サマンサはぐっと唇を噛むと苦虫を噛み潰したような顔をして、そのまま歩いて行った。

学園一と名高い美人で、魔法の成績に関してもトップクラスのシャノンさんに対して、彼女も強くは出られないのだろう。ちなみに身分もエル同様、上位貴族の設定になっている。

「本当にしょうもないわね。それとお前も、たまには言い返してやりなさい。お前があの子ブタに劣っているところなんて、ひとつもないんだから」

「はい、ありがとうございます」

ぽんとわたしの頭を撫でてくれたシャノンさんに、じわじわと胸が温かくなる。彼女の言う通り、次に会った時には言い返してやろうと決めて、わたし達は再び教室へと歩を進めたのだった。

それから、クラレンスを交えてわたし達は三人で二時間以上みっちりと練習を続けた。

クライド様は忙しいようで今日の練習には参加できていないけれど、彼ならば練習時間が少なくとも大丈夫だろう。

「クソメガネ、なかなか演技が上手いじゃない」

「フン、お前こそ意外とやるな」

そして、想像していた以上にずっと二人は演技が上手かった。大成功する予感しかしない。それを伝えたところ、シャノンさんは「人生経験の差よ」と笑っていた。

わたしもサポートとしてもっと頑張ろうと気合を入れ直し、再び台本を手に取るのと同時に、シャノンさんは「あー、疲れた」と机に突っ伏した。

「お腹空いた。メガネ、なんとかして」

「先程、カフェでケーキを食べたと言っていただろう」

「あれは別腹よ、別腹」

「知るか」

美味しい肉が食べたい、なんて言う彼女は完全に集中力も切れているようで。短時間でかなり充実した練習ができたことだし、今日はもう終わりにしても良いかもしれない。

「そろそろ解散にしましょうか？」

「うーん……あ、そうだわ。ねえジゼル、メガネの家に行きましょうよ。そこで夕食も食べて、また練習すればいいんだもの。ユーインから色々聞いて一度行ってみたかったのよね。はい決定」

「は？　お前、何を勝手なことを」

「移動が面倒だし、ユーインを呼びましょうか。あいつ、今日休みだしどうせ暇してるもの」

「おい、待て」

そんなクラレンスを無視すると、シャノンさんは魔道具らしきものであっという間にユーインさんを呼び出してしまったのだった。

◇◇◇

「問四、間違えているぞ。そこは水魔法と風魔法を組み合わせるべきだ」

「なるほど……！　ありがとう」

それから二時間後、クラレンスの家にて、わたしは彼に勉強を教えてもらっていた。

夕食のスープを鍋で煮込み、メインであるお肉をオーブンで焼いている間に、少し見てやってもいいと彼の方から言い出してくれたのだ。

ユーインさんとシャノンさんによって強制的にお邪魔することになり、クラレンスは「不法侵入にも程がある」と言いながらも、すぐに夕食の支度を始めてくれた。優しすぎる。

彼が料理をしている間、なんだか申し訳なくなって何か手伝おうとキッチンに行ったものの、彼のてきぱきとした動きに圧倒され、「邪魔だからあっちに行っていろ」と言われてしまった。

あまりにも手慣れた無駄のないその動きに、わたしは感動すら覚えていた。

「そう言えば、ここに来るのは初めてじゃない気がするんだけど、気のせいかな？」

「さあな」

「…………？」

クラレンスはそう呟くと悲しげに、懐かしげに目を細めた。それ以上彼は何も言わず、わたしは少しの疑問を抱いたまま再び問題集に取り掛かる。

「あら、これ美味しいわ」

「本当ですね。私はこっちが好みです」

「わかる」

「……お前らは本当に、何をしに来たんだ。あと夕食の前にあまり菓子を食うな」

一方、シャノンさんとユーインさんは、クラレンスの手作りだというお菓子を食べ比べている。

先程ひとつだけいただいたけれど、とても美味しくて驚いてしまった。

「演技の練習は夕食の後なんだし、ジゼルの勉強を見るのは一人でいいじゃない」

そもそも私、筆記は苦手なのよね、とシャノンさんは肩をすくめた。ユーインさんも「そうですよ」とにこにことした笑みを浮かべている。

「ジゼルさんは努力家ですね。きっと試験も受かりますよ」

「そうだといいんですが……」

「最悪、私が大人の力でなんとかしますから」

「適当なことを言うな」

クラレンスはそんなことを言い出したユーインさんを睨むと、深い溜め息を吐いた。ユーインさんはそんな姿を見て、可笑しそうに笑っている。二年経っても、彼も変わらないままだ。

時折、神殿へ行きマーゴット様とお会いする際にも、いつも彼が送り迎えをしてくれている。

「戻ってきた時にジゼルさんが神殿に勤めていたら、エルヴィスはとても驚くでしょうね」

「はい。褒めてもらえるように頑張ります」

「……それまでに、戻ってきてくれるといいんですが」

ユーインさんは眉尻を下げ、困ったように微笑んだ。

彼が誰よりもエルのことを心配し、色々と彼のために動いていることはマーゴット様からも聞いていた。いつもからかってばかりいたけれど、エルを大切に思う気持ちは誰よりも強いのだろう。

「エルヴィスはあれでも、神殿内に熱狂的な信者が多いですからね。そんなエルヴィスのお相手となれば、ジゼルさんも働く上で色々と大変になるとは思います」

「シャノンみたいな女も多いからな。気をつけろよ」

「ちょっと、どういう意味よ」

「そのままの意味だ」

そんな二人のやりとりに、思わず笑ってしまう。なんだかんだ、とても仲が良い。

「エル、早く戻ってきてくれるといいですね」

思わずそう呟けば、ユーインさんは「はい」と柔らかく微笑んだ。

それからは再び夕食の支度に戻ったクラレンスに代わり、ユーインさんが勉強を見てくれていた。驚くほどに教え方が上手で、後日また指導してもらう約束まで取り付けてしまったくらいだ。

「ほら、できたぞ。熱いうちに食え」

「わあ……！」

やがてクラレンスのそんな言葉を受け、わたし達は四人でテーブルを囲んだけれど、きらきらと輝くような大量のご馳走を前に、わたしは言葉を失ってしまう。

まるで去年の誕生日にマーゴット様やユーインさんに連れて行ってもらった、一流レストランのフルコースのようだ。

クラレンスの家庭的すぎる意外な一面に、わたしは驚きを隠せずにいた。どうやらシャノンさんも彼の手料理は初めてらしく、わたし同様に戸惑っている様子だった。

「話には聞いていたけれど、ここまで来ると少し気持ち悪いわね」

「頼むから今すぐ帰ってくれ」

「やあね、褒め言葉よ。いただくわ」

そうしてわたし達は早速食事を始めたけれど、見た目以上の美味しさに、再び驚いてしまう。

感動して何度も繰り返し褒めれば、「恥ずかしい奴め」「黙って食え」と怒られてしまった。どうやら照れているらしい。なんだか可愛い。

——ここに、エルもいたらいいのに。

そんな言葉が喉元まで出かかったけれど、クラレンスの手作りだというフルーツジュースと共に飲み込んだ。きっと皆だって、言葉にはしていないだけで、そう思っているに違いない。

「今年の学園祭は、マーゴット様と見に行く予定です」

「頼むから来ないでくれ」

「クラレンスとシャノンが主演と聞いて、とても楽しみにしているようでしたよ」

美味しい料理を楽しみながら他愛ない話をし、話題はいつしか学園祭へと移っていた。マーゴット様も、今年は絶対に遊びに来たいと言ってくれているそうだ。

そうしてふと、わたしはここにいない彼のことを思い出していた。

「今度はクライド様も誘って、みんなで練習や食事ができたらいいね」

「……ああ、そうだな」

少し歯切れの悪いクラレンスの反応が、なんだか気になってしまう。

「クライド様、最近より元気がないように見えるけど大丈夫かな」

「大変な時期なんだろう。お前が気にすることじゃない」

クラレンスは何かを知っているようだったけれど、その言葉や態度から、これ以上は何も聞かない方がいいだろうと思っていた時だった。

「クライド様は今、王位継承権を巡って兄弟間でどろっどろの争いを繰り広げているらしいわよ。だから元気がないんじゃないかしら」

「えっ」

シャノンさんはナイフとフォークで優雅にステーキを切り分けながら、そう言ってのけた。

第三王子である彼が、実の兄である第一、第二王子と王位継承権を争っているというのは、わたしでも昔から知っているくらいに有名な話だった。兄二人を押しのけて、クライド様が最有力候補であるということも。

いよいよクライド様の卒業も近づき、陛下もご高齢になってきていることで、争いは激化しているのだとシャノンさんは教えてくれた。

「クソ女、何故お前がそれを知っているんだ」

「私を誰だと思ってるわけ？　これくらい嫌でも耳に入ってくるわよ」

シャノンさんも今はわたしと同じくらいの年齢の姿をしているけれど、彼女もクラレンス同様、本当は大人の女性なのだ。

そんなシャノンさんは学園が休みの日には元の大人の姿になり、息抜きや情報収集がてら社交の場に出ることも少なくないのだという。

今の子供の姿の彼女に初めて会った時、見覚えがあるような気がしていたけれど、一年の夏休みにエルとユーインさんと行ったお祭りで会った美女が、どうやら彼女だったらしい。

「口の軽い人間が多すぎるな」

「本当にね。みーんな、なんでも教えてくれるもの」

彼女ほどの美女相手ならば、ぽろぽろと何でも話してしまう男性も少なくないのだろう。そもそも、社交界にはお喋りで噂好きな人が多い。

「王族ってのも大変よね。血を分けた人間同士で、平気で命を狙い合うんだから」

シャノンさんのそんな言葉に、ずきりと胸が痛んだ。わたしなんかには想像がつかないくらい、きっとクライド様は今、辛く大変な状況にあるに違いない。

「……わたしにできることなんて、何もないよね」

「当たり前だ。それにお前は、そのままでいいんじゃないか」

「そのまま？」

「ああ。お前はいつも通りヘラヘラしているのが、クライド様にとって一番いいと思うがな」

「そう、なのかな」

クラレンスはそう言ってくれたけれど、本当にいつも通りにしているだけでいいのだろうか。すると真向かいに座るユーインさんは、わたし達を見てくすりと笑った。

「ありのままのジゼルさんの笑顔は、皆を元気にしてくれるとクラレンスは言いたいんですよ。デザートのケーキもありますし、あまり思い詰めないでくださいね」

「お前は黙ってろ、勘違いをするな」

「ふふ、ありがとうございます。クラレンスもありがとう」

そんな言葉に、なんだか救われたような気持ちになる。とにかくいつも通りでいようと決めて、わたしは食事を再開したのだった。


食後にデザートとして出されたクラレンス手作りのチーズケーキと紅茶も、とても美味しかった。なんと彼はお茶にも詳しく、こだわりの茶葉で淹れてくれた紅茶は味も香りも最高で、ついついお代わりをしてしまったくらいだ。実はお茶に興味があったわたしとシャノンさんは、試験が終わった後、クラレンスに料理教室とお茶教室を開いてもらうことになった。

エルが戻ってきた時に、彼の好きな紅茶や手料理を振る舞えるようになっていたい。なんて思いながら、わたしは胸を弾ませたのだった。

◇◇◇

「私達、会議があるからそろそろ行くわね」

「わかりました。お疲れ様です」

それから一ヶ月後の放課後、わたしはシャノンさんとクラレンス、クライド様と共に教室で演劇の練習をしていた。

三人とも完璧な演技をしてくれているお蔭で、最早わたしがいる必要なんてないような気がしている。衣装や小物、大道具の準備も順調に進んでいるみたいで、リハーサルが今から楽しみだ。

今日はシャノンさんとクラレンスは仕事があるようで、いつもより早い時間にお開きとなった。

「クライド様はどうされますか？」

「ジゼルさえ良ければ、もう少し付き合ってくれませんか？」

「もちろんです」

「ありがとうございます。僕は大丈夫なので、クラレンスはそのまま神殿へ戻ってください」

「わかりました。クライド様もお気をつけて」

そうしてクラレンスとシャノンさんは教室を出て行き、私達二人だけとなった。こうしてクライド様と二人きりになるのは、なんだか久しぶりな気がする。

「付き合わせてしまって、すみません」

「いえ、気になさらないでください。お時間は大丈夫なんですか？」

「はい少しだけ帰りたくない気分なので、ここでもう少し君と過ごせたら嬉しいです」

クライド様がそんな風に言うのは、珍しかった。むしろ、初めてかもしれない。

同時に、先日シャノンさんから聞いた話を思い出してしまい胸が痛んだけれど、わたしはなんとか「わかりました」と笑顔を作る。

それからは軽く練習をした後、お互いの近況やクラスでの出来事など、他愛のない話をしていたのだけれど。ふと、クライド様がじっとこちらを見つめていることに気が付いた。

「……クライド様？　どうかされました？」

「君といると元気が貰えるな、と思って」

「そうなんですか？」

「はい。きっと、僕だけではないはずです」

先日、クラレンスやユーインさんにも言われたことを思い出す。

こうしていつも通りにしているだけで、誰かに少しでも元気になってもらえるのなら、こんなにも嬉しいことはない。

「ジゼルはすごいですね」

「すごい、ですか？」

「エルヴィス様のことで、君も辛いはずなのに」

クライド様はそう言って、長い睫毛を伏せた。

宿泊研修にてエルの変化を見たクライド様にも、簡単に事情は説明してある。エルの正体を聞いた彼は何故か驚くというよりも、納得したような様子を見せていたように思う。

『……僕が敵うはずなんて、ありませんでしたね』

あの時の彼の物思いに沈んだ微笑みが、やけに瞼に焼き付いていた。

「もちろん寂しいし辛いですけど、前を向いてわたしも頑張らないとって思うんです。少しでも、エルに見合う人になりたいなって」

以前エルは今のままのわたしでいい、今のままのわたしがいいと言ってくれた。もちろんそれは何よりも嬉しかったけれど、その言葉に甘えきっていてはいけないだろう。

あれからわたしは、周りの人々から過去のエルについてたくさんの話を聞いていた。

そして彼がどれだけすごい人なのかを、わたしは思い知った。絵本の中の、ずっとずっと憧れていた人、本来ならば関わることすらあり得なかった人なのだ。

そんなエルに好きだと言ってもらえている今は、奇跡のようなものだろう。だからこそ、この先もずっとエルと一緒にいるために、わたしも努力をしていきたいと思っている。

「――羨ましいな」

「えっ？」

「君にそんなにも想われている彼が、羨ましいです」

そう言ったクライド様は、切なげな、寂しげな表情を浮かべていた。エメラルドのような美しい翠眼が、何かを諦めたように細められていく。

返事に困るわたしを見て、クライド様は「そろそろ帰りましょうか。寮まで送ります」と言い、やっぱり困ったように微笑んだのだった。

◇◇◇

そして、あっという間に学園祭当日がやって来た。

わたしは朝からずっと、最終チェックのためあちこちを走り回っている。学園祭もこれが最後ということで皆気合いが入っており、演劇のクオリティもかなりのものに仕上がっていた。

その分確認や調整作業も多く、多忙を極めている。

「わあ、シャノンさん、本当に綺麗です……！」

「当たり前でしょう？」

「私、幸せです……」

リネのデザインしたドレスを着たシャノンさんは、思わず見惚れてしまうくらいに美しい。まさに、ロマンス小説から飛び出してきたヒロインだった。そんな彼女を見て、リネは今にも泣き出しそうな顔をして、感激している。

「クラレンスもとっても格好いいね。……どうかした？」

「吐きそうだ」

「ええっ」

顔色が悪い彼はどうやら、かなり緊張しているらしい。メガネを取り騎士服に身を包んでいるクラレンスは普段とはかなり雰囲気が変わっていて、とても素敵だ。クラスの女の子達も皆、彼を見てはきゃあきゃあとはしゃいでいる。

シャノンさんはそんなクラレンスの背中をばしんと叩き、「しっかりしなさいよね。足を引っ張ったらぶっ飛ばすから」なんて言って励ましていた。

そろそろ出番のようで、三人で舞台へと向かう。クライド様も準備が終わるようで、後から来てくれるらしい。

「あんなに練習したんだもん、絶対大丈夫だよ！　二人とも、頑張ってね」

「ああ」

「任せなさい」

舞台袖から二人を見送ると、わたしは裏方の手伝いへと回った。

「ジゼル」

手伝いを終え、舞台袖から完璧な演技を見せるクラレンスとシャノンさんを見守っていると、背中越しに名前を呼ばれて。振り向けばそこには、準備を終えたらしいクライド様の姿があった。

今回の彼は伯爵令息役だけれど、それ以上の高貴さが滲み出ている。

「やっぱり、クライド様はオーラがありますね！」

「ありがとうございます」

ふわりと微笑んだ彼は、いつも通りだった。去年も一昨年も、彼は落ち着いていた記憶がある。

「クライド様は、やっぱり緊張していないんですね」

「いいえ。かなり緊張していますよ」

「そうなんですか？」

「はい」

全くそんな風には見えず、驚いてしまう。

「僕は君が思っているほど、すごい人間ではありませんから」

「そんなこと……」

「少しでもよく思われたくて、頑張っているだけです」

いつも完璧に見えていたクライド様のそんな言葉に、わたしは戸惑いを隠せずにいた。彼が自分を低く見るようなことを言うのも、初めて聞いたように思う。

なんだか、いつものクライド様らしくない。

今の彼には触れれば壊れてしまいそうな、そんな儚さがあった。

「幻滅しましたか？」

すぐにそんなことはないと首を左右に振れば、彼は薄く笑って、わたしに手を伸ばした。

突然のことで避けることもできず、まるで壊れ物を扱うかのような手つきで頬に触れられる。想像していたよりもずっと、温かくて大きな手だった。

わたしはただ、黙って彼を見つめ返すことしかできない。

彼との付き合いは三年ほどになるけれど、何もかもがわたしの知るクライド様らしくなくて、どうして良いのかわからなくなる。

少しの沈黙の後、先に口を開いたのは彼の方だった。

「……僕はただ、君に側にいて欲しかった。それだけで、良かったのに」

それは、今から彼が劇中でヒロインに向けて言うはずの台詞で。何故彼が突然、この台詞を言い出したのかはわからない。

けれど、とても演技とは思えないほど重く切ない、縋るような声だった。

つい戸惑ってしまったものの、舞台から聞こえてきたシャノンさんの声によって我に返ったわたしは、触れられていた手をそっと頬から離し、まっすぐに彼を見つめた。

「私の気持ちは、一生変わることはありません。ずっと、彼だけを愛していますから」

先程の彼の台詞に対する、ヒロインの言葉だった。

何度も読み返しては皆の練習に付き合っていたことで、台本の中身が頭に入っていて良かった。

するとクライド様はやっぱり、困ったように笑った。

「このシーン、とても好きなんです。この役の気持ちが、一番表れているところですから」

「そう、なんですか？」

「はい。練習に付き合ってくださって、ありがとうございます」

やはり練習の一環だったのだと、わたしは内心安堵していた。あまりの迫真の演技に、思わず自分に向けて言われたのかと、うっかり勘違いをしてしまいそうになった。恥ずかしい。

けれど、頬に触れるような演出はなかったはずだ。アドリブで入れるつもりなのだろうか。

「……ありがとう、ジゼル」

そうしていつの間にか出番が近づいていたクライド様は、舞台へと上がって行く。

スポットライトに照らされたその横顔は今にも、泣き出しそうなものに見えた。

その後、無事に演劇は大成功で幕を閉じ、わたし達のクラスは最優秀賞を獲ることができた。皆の努力が実り、最後にこうして結果を残せたことが何よりも嬉しい。

「本当に、よかった……！」

「ふふ、シャノンさんのお蔭です。ありがとうございます」

「お前だって、がんばっていたじゃない」

シャノンさんはぽろぽろと大粒の涙を溢し、わたしをぎゅっと抱きしめた。クラスメイト達から感謝され、祝福され続けたことで、嬉し泣きをしているようだった。

彼女が実は誰よりも練習してくれていたことも、わたしは知っている。つられて泣きそうになりながら、わたしもシャノンさんを抱きしめ返した。

シャノンさんが泣き止んだところで、クラレンス達にもお礼を言おうと教室内を見回したけれど、その姿は見えない。

「あれ、クライド様とクラレンスを知らない？」

「先程お二人で、教室を出て行くのを見ましたよ」

「ありがとう」

何か急な用事でもあったのだろうか。二人が戻ってきたら、感想とお礼を伝えようと決める。

演劇が大成功し、胸の中は嬉しい気持ちでいっぱいだったけれど。

『……僕はただ、君に側にいて欲しかった。それだけで、良かったのに』

先程のクライド様の寂しげな、切なげな表情が、声が、いつまでも頭から離れなかった。

◇◇◇

劇を無事に終え、最優秀賞の発表が終わった後、僕はそっと会場を抜け出して裏庭へとやって来ていた。すぐ後ろにはクラレンスの姿があり、足を止めて振り返ると、彼もまた歩みを止めた。

「主役である貴方がここにいては、皆が困りますよ。僕は一人でも大丈夫ですから、先に戻っていてください」

「いえ、風に当たりたい気分だったので。ご一緒しても？」

「はい、もちろんです」

優しい彼はきっと、気を遣ってくれているのだろう。

護衛という立場を超えて、彼はいつだって僕の味方でいようとしてくれている。その存在に、どれほど救われているかわからない。

やがて近くにあったベンチに腰を下ろすと、クラレンスもまた少し離れた隣に座った。

乾いた風に乗った金木犀の甘い秋の香りが、鼻を掠めていく。それからはお互いに言葉を交わさないまま、しばらく心地の良い沈黙が流れた。

「ジゼルに、振られてしまいました」

「……そうですか」

突然そんなことを告げたにも拘わらず、クラレンスに驚いた様子はなかった。いつも誰よりも側にいてくれた彼は、僕の気持ちに気付いていたのだろう。

それにしても、先程は何もかもがいつもの自分らしくなかったように思う。先日、信用していた側近に裏切られてからというもの、思っていた以上に僕は弱っていたのかもしれない。

思わず彼女に、縋るように手を伸ばしてみたくなってしまうほどに。

『……僕はただ、君に側にいて欲しかった。それだけで、良かったのに』

『私の気持ちは、一生変わることはありません。ずっと、彼だけを愛していますから』

とは言え、ジゼルはきっとあのやり取りを、告白だなんて思っていないだろう。演劇の中の台詞を使い、練習だと誤魔化したのだから当たり前だ。

けれど台詞に乗せた彼女の言葉もまた、本心だったに違いない。

そんな狡い形でも、自身の中で数年間燻っていた感情を吐露したことで、今はやけに清々しい気分になっていた。

「わかっていたことだからなのか、不思議とあまり悲しくはないんです。もしくはこの気持ちが、恋情ではなかったからなのかもしれません」

胸の奥はじくじくと痛むけれど、それすら心地良く思えた。

クラレンスは静かに、話を聞いてくれている。こうして誰かに話していると、また少し心が軽くなっていくような気がした。

「僕はジゼルのような人に、側にいて欲しかっただけなのかもしれません」

きっと僕は絶対に自分を裏切ったりしない、彼女のような人に側にいて欲しかった。

ジゼルは僕の周りに大勢いる、損得だけで動くような人間とは違う。誰よりも心の優しい、まっすぐで明るくて太陽のような彼女が、僕は眩しくて仕方がなかった。

『い、今の、見て……？』

『はい。ばっちり』

『あの、どうかこのことは誰にも言わないで頂けますか』

三年前のあの日、傷付いた小鳥をそっと魔法で治し、やがて羽ばたいていく様を愛おしげに、羨ましげに見つめるその姿を見た時にはもう、惹かれていたように思う。

けれど彼女の視界に僕が映ることがないことも、わかっていた。

「僕も、頑張らないといけませんね」

「クライド様は、誰よりも頑張っていますよ。俺が保証します」

「ありがとう」

優しい彼や彼女のような人が幸せに暮らしていける国を作ることが、これからの僕のすべきことだろう。そのために明日からはまた、誰よりも強くあろうと誓う。

「……やっぱり、痛いな」

けれど今日だけは、今だけは、弱さを見せてもいいだろうか。

胸を刺すような痛みが、やはり彼女は僕の初恋だったのだと教えてくれている気がした。

第八章

星に願うのは

「ジゼル、お疲れ様。少し茶でも飲まないか」

「お疲れ様です。ぜひ、お願いします」

ある日の夕方、仕事を終えて帰宅しようとしていたところ、マーゴット様にお誘いをいただいた。

相変わらず誰よりも美しい彼女は、いつもわたしを気にかけてくれていて、時折こうして仕事終わりに声をかけてくれる。

二人でいつもの部屋へと移動すると、わたしはすぐにお茶の準備を始めた。

実は定期的に、鬼のように厳しいクラレンスからお茶の淹れ方の指導を受けているのだ。最初のうちは紅茶風味のお湯ばかりを生み出していたわたしも、今ではかなり上達したように思う。

「うん、美味いな。流石だ」

「ありがとうございます。良かったです」

マーゴット様の向かいに腰掛け、わたしもまた淹れたての紅茶の入ったティーカップに口をつける。我ながらなかなか美味しいと思いつつ、クラレンスならば「こんなもの、まだまだだ」と言うに違いないと思うと、思わず笑みが溢れた。

「実は最近、お前を褒める人間が増えていて私も鼻が高いんだ」

「本当ですか？　未だにシャノンさんに助けられてばかりいるんですが、嬉しいです」

「お前はこれからもっと伸びるだろう。期待している」

「はい！　精一杯頑張ります」

そんなマーゴット様の期待に応えられるよう、これからも頑張ろうとわたしは気合を入れた。

——魔法学園を卒業し、二年が経った。

十九歳となったわたしは今、神殿の治療院に勤めている。

正直試験には自信がなくて、結果が出るまでは生きた心地がしなかったけれど、何とかギリギリ合格した日には思い切り泣いてしまった。

その後は皆が合格を祝うパーティーまで開いてくれて、本当に嬉しかった記憶がある。

もちろん知人だからといって贔屓などは一切していないから、自分の実力や努力を誇りなさいとマーゴット様に言われた時には、やっぱり涙が止まらなかった。

「シャノンの治癒魔法は随一だが、攻撃魔法も使えるお前の存在はかなり貴重だよ」

攻撃と治癒、両方の魔法を使えるわたしは、多少危険な場所でも治療に出向くことができるため、重宝されていた。何より、エルのくれた指輪もあるから安心だ。

もちろん辛いこともあるけれど、エルのことを想えばいくらでも頑張れた。

ちなみに、いつの間にかわたしとあの変態侯爵の結婚の話はなくなっており、伯爵夫妻からは何故か腫れ物に触るような態度を取られるようになっていた。マーゴット様とエルが色々と手を回してくれたのだとユーインさんは言っていたけれど、詳しくは知らないままだ。

結果、サマンサを侯爵に差し出したくなかった両親は王都にあった屋敷や家財を売り払い、なんとか借金を返済したことで、その話自体が消えたと聞いている。両親は現在、ハートフィールド伯爵領地にて、慎ましく暮らしているんだとか。

サマンサは必死に玉の輿を狙っているけれど、もちろん上手くいっていないようだった。わたしが神殿に勤めることになったのを知った時には、屋敷で大暴れしたとルビーが教えてくれた。

リネはデザイナーになるため、王都のドレスショップで働いている。まだまだ雑用ばかりで、デザインを任されるようになるまで先は長いけれど、好きな仕事ができて幸せだと言っていた。つい先日も仕事終わりに一緒に食事に行ったりと、一番の親友だ。

クライド様も王位継承権を巡った熾烈な争いを勝ち抜き、次期国王は彼で決まりだと目されているようだった。

完全に伯爵家との縁が切れたわたしは社交界に顔を出すこともなくなり、卒業後は彼と会う機会はほとんど無くなってしまったけれど。たまに手紙のやり取りをしてお互いに近況報告をしたり、今でも時折護衛にあたっているクラレンスから、彼の話を聞いたりしている。

「あと、たまには休めよ。有休もほとんど使っていないと聞いたぞ」

「すみません。仕事が楽しくて、つい」

「それはこちらとしても何よりだが、お前くらいの年頃は遊ぶことも大切だからな。シャノンと休みを合わせるから、たまには息抜きでもしてくるといい。もちろん、身体を休めることも忘れずに」

「はい。ありがとうございます」

自身の魔法でたくさんの人を救えることはとても嬉しくて、やりがいもあった。だからこそ、ついつい仕事ばかりを優先してしまう。

けれどマーゴット様は本気で心配してくれているようで、今後はしっかり休みを取ろうと深く反省した。

「エルヴィスも、今のお前を見たら驚くだろうな。たった数年で、こんなにも良い女になったんだ」

「ふふ、そうでしょうか？　相変わらずクソガキだって言われそうです」

「まさか。流石のあいつも焦るだろうさ」

マーゴット様はそう言うと、くすりと微笑んだ。

……最後に彼と会った日から、既に四年が経っていた。今もなお、エルは戻ってきていないけれど、彼の安否を知らせる水晶は無事なままだ。

神殿に勤めるようになってからというもの、毎日水晶を確認するのが日課になっていた。むしろその確認のために、わたしは毎日のように出勤しているのかもしれない。

「あいつも、そろそろ戻って来てくれるといいんだがな」

「はい。未だに毎日、エルが今日戻ってきたら、なんて想像をしてしまいます」

「お前がこうして四年経っても変わらずに想ってくれていると知ったら、エルヴィスも泣いて喜ぶだろうさ。本当にありがとう」

マーゴット様はそう言うと、金色の瞳を柔らかく細めた。

お礼を言うのは、間違いなくわたしの方だ。この四年間、どれほど彼女に助けられ、支えられたかわからない。

「こちらこそ、いつもありがとうございます」

「神殿長の立場がある以上、お前ばかりを可愛がるのはよくないとわかっているんだがな。つい、こうして会いたくなってしまうんだ」

エル同様、わたしのことも我が子のように思っていると言い、いつも良くしてくれている彼女のことが、わたしは大好きだった。

◇◇◇

そんなある日の、仕事終わりのことだった。

「あー、疲れた。久しぶりにこんなに働いた気がする。肉が食べたい」

「今日は患者さん、多かったですもんね」

「そうだわ、これからメガネの家に行かない？　あいつもそろそろ仕事が終わる頃でしょうし」

「ふふ、シャノンさんは本当にクラレンスの料理が好きですね」

いつものように他愛ない話をしながら、並んで廊下を歩いていく。今日はかなり忙しく、魔力量が多いわたしも流石に疲れていた。お昼もまともに食べられなかったせいで、先ほどからお腹も鳴りっぱなしだ。

「メガネもなんだかんだ、私達に料理を振る舞うのが好きみたいだもの。可愛い奴よね」

シャノンさんはそう言って、くすりと微笑んだ。

学生時代、彼の家に三人で押しかけ夕食を振る舞ってもらってからというもの、月に一度お邪魔して、彼の作った食事をいただくのが当たり前になっていた。もちろん、ユーインさんも一緒だ。

毎月、お礼として珍しい茶葉や食器をプレゼントするのも恒例になっている。

そんな会話をしていると、不意に廊下の先に見覚えのある若草色が見えた。

隣を歩いていたシャノンさんも彼を見つけたようで「あら、ちょうど良かったわ」なんて言っていたけれど。やがて、クラレンスの様子がおかしいことに気が付いた。

彼もまたわたし達の存在に気が付いたようで、まっすぐにこちらへと向かってくる。その表情はひどく切迫したもので、遠目でもはっきりとわかる程に青褪めていた。

嫌な、予感がした。

心臓が大きな音を立て、早鐘を打っていく。

「落ち着いて、聞いてほしい」

わたし達の目の前で足を止めた彼の声には、緊張の響きが混ざっている。

その先を聞くのが、怖かった。けれど、これから彼が何を言うのか予想はついていた。クラレンスがこんな風に取り乱す理由など、ひとつしかない。

そして、わたしの隣にいるシャノンさんもまた同じだったのだろう。いつもならばクラレンスの顔を見るなり茶化していた彼女の表情は、一瞬にして絶望に染まっていた。

「……エルヴィス様と繋がっていた水晶が、割れた」

その瞬間、目の前が真っ暗になった。信じたくなかった。信じられるはずがなかった。

足元がぐらつくような感覚に襲われ、自分が今まともに立てているのかすらわからなくなる。喉が締め付けられ、声ひとつ出ない。

水晶が割れたということは、エルの身に何かがあったのだろう。その「何か」がどんなことなのか、想像すらしたくなかった。この四年ずっと無事だったというのに、どうして。

「——うそ、絶対に嘘よ」

そんな中、シャノンさんはそう呟くとクラレンスに摑みかかった。

「エルヴィスがやられるわけなんてないじゃない！　何かの間違いに決まってる！」

「俺だって、そう思いたいに決まってるだろう……！」

「……っ」

きっと彼もまた、必死に冷静さを保っていたのだろう。緊張の糸が切れたように大きな声を出すと、クラレンスはくしゃりと前髪を掻き上げた。

こんなにも二人が取り乱す姿を、わたしは初めて見た。

そんな彼から手を離すと、シャノンさんは「悪かったわ」とだけ呟き、長い睫毛を伏せた。海の底にいるような重い沈黙が、廊下を満たしていく。

わたしはきつく手のひらを握りしめると、顔を上げた。

「エルなら絶対に大丈夫。きっと水晶の調子が悪くなっただけだよ。だって、エルだもん」

そう言って笑顔を作れば、クラレンスもシャノンさんも頷いてくれて。シャノンさんはそれ以上何も言わずに、そっとわたしを抱きしめてくれたのだった。

「大丈夫。絶対に、大丈夫」

自室のベッドに倒れ込んだわたしは左手の指輪を握りしめ、何度もそう呟いた。

クラレンスから話を聞いた後、わたしは水晶のある部屋へと向かった。そして粉々になった水晶を確認した後、どうやって自室へと戻ってきたのかは覚えていない。

指先がひどく冷たくて、寒気が止まらなかった。呼吸すら、うまくできない。自身の鼓動の音が、耳にはっきりと聞こえてくる。

「……エルは、大丈夫。戻ってくるって、迎えに来てくれるって言ったもん」

エルは、わたしに嘘はつかない。自分に言い聞かせるように、何度も何度も「大丈夫」を繰り返す。わたしが彼を信じないで、どうするのだろう。

何より彼は、誰よりも強い大魔法使いなのだ。絶対に無事でいるはずだ。

「お願いだから、早く戻ってきて」

絶対に泣かないと決めて、わたしはそっと目を閉じた。

◇◇◇

それから、一週間が経った。

わたしは変わらずに仕事に出て、忙しい日々を送っている。

マーゴット様やユーインさんからは、少しくらい休みを取るよう言われたけれど、大丈夫だと言い仕事を続けていた。休んで一人になれば、不安で押し潰されてしまいそうになるからだ。

こうして忙しくしていた方がずっと、気持ちは楽だった。

とは言え食欲は無く寝付けない夜が続いており、必死に化粧で誤魔化してはいるけれど、鏡に映るわたしは今にも倒れそうな酷い顔をしていた。

『エルヴィスのことだ、そのうちケロッとした顔で帰ってくるさ』

水晶が割れた翌日、マーゴット様はそう言ってわたしを抱きしめてくれて。ユーインさんもいつもと変わらない笑顔で、『絶対に大丈夫ですよ』と励ましてくれた。

水晶が割れたことはわたし達と、国王を含めた国の上層部の人間しか知らないようで。何の異変も起きていないことから、エルが自身を代償に封印をしたと判断されたようだった。

マーゴット様やユーインさんは多忙であるにも拘わらず、寸暇を惜しんでエルの消息を探る手立てを探しているようだと、シャノンさんが教えてくれた。

二人だって間違いなく辛いはずなのに、わたしの前では気丈に振る舞ってくれているのだ。これ以上心配をかけないようしっかりしようと、固く誓った。


「なんだか今日はみんな急いで帰って行くけれど、何かあるの？」

そして仕事終わり、更衣室にて着替えながら同僚にそう尋ねてみたところ、彼女は「やだ、ジゼルったら知らないの？」と驚いたような表情を浮かべた。

「今日の夜は、流星群が見られるんですって。だから恋人や想い人がいる人達は皆、デートにでも行って、そのまま星を見に行くから急いで帰って行くのよ」

「流星群が……」

「ええ。男女で見ると、永遠に結ばれるって話のあれよ。独り者の私からすれば、羨ましいわ」

彼女は深い深い溜め息を吐いた後、結んでいた髪をするりと解くと、「お疲れ様、また明日ね」と手を振り更衣室を出て行った。

一人残されたわたしは近くにあった椅子に腰を下ろすと、窓から外を見上げた。すでに空は、柔らかい赤みを帯びている。

「流星群、今年は見られるんだ」

最後に見たのは、エルと一緒に見た四年前の夏だった。あの頃のわたしは、てっきり毎年見られるものだと思っていたけれど、どうやら違うらしい。毎年、流れ星自体はぽつぽつ見られるものの、あれほどの規模のものは数年、数十年に一回だと知ったのは後になってからだった。

——あの夜のことを、わたしは一生忘れないだろう。

当時のわたしはエルに言われた通り、訳もわからないまま「あと百五十年くらい生きられますように」と願ったけれど。彼がいなくなって初めて、その願いの意味を理解した。

あの日すでに、エルはわたしと一緒にいたいと思ってくれていたのだ。

彼がこの先、生きるであろう長い長い時間を、ずっと。

「……エルは、本当にわかりづらいね」

そんな彼が愛しくて、恋しくて堪らなかった。

視界がぼやけてくるのを感じたわたしは軽く両頬を叩き、立ち上がる。そして今夜は一人で星を見よう、もう一度お願い事をしようと決めて、更衣室を後にしたのだった。

◇◇◇

「よいしょ、っと」

その日の夜、わたしは一人で神殿の敷地内にある塔へとやってきていた。ユーインさんに星が綺麗に見える場所を聞いてみたところ、ここが一番高く見通しが良いと教えてくれたのだ。

近くで話を聞いていたクラレンスが、深夜だし付き添ってやろうかと申し出てくれたけれど、お礼を言って丁寧にお断りをした。どうしても、一人で見たかったからだ。

そうしてマーゴット様に塔へと入る許可を貰って、今に至る。

石造りの塀にそっと腰を下ろし、藍色の夜空を見上げる。ふわりと秋の気配を孕んだ風が、頬を撫でていく。

そうして数分が経った頃、視界の端で光がすうっと流れて行くのが見えた。

「わあ……！」

それを皮切りに、幾筋もの流れ星が空を駆けていく。やがてそれは視界いっぱいに広がり、まるで星が降ってくるようだった。

「お願いごと、しないと」

ついつい見惚れてしまったけれど、わたしは慌ててぎゅっと両手を握りしめた。

もちろん、願い事は既に決まっている。

「……エルに、会えますように」

それは、何よりの願いだった。エルに会いたかった。エルに会って、会いたくて仕方なかったこと、ずっとずっと待っていたこと、今も大好きだということを伝えたかった。

『お前にとって、数年はきっと長いんだろうな』

『本当に何があってもずっと、俺だけを好きでいられんの』

エルが心配することも不安に思うこともないくらい、この四年間ずっとエルのことだけを想っていたと、伝えたかった。

彼への想いは衰えるどころか、自分でも驚くくらいに膨らんでいく一方で。

「……っ」

泣くのは嬉しい時だけだと決めたはずなのに、もう、限界だった。

今日だけは、許して欲しい。あの日と変わらない美しい夜空を見ていると、エルとの思い出が蘇ってきて、我慢していた感情が一気に溢れてくる。

「……っエルに、会いたい」

そしてもう一度、そう呟いた時だった。

「――こんなところで何泣いてんだ、バカ」

そんな、聞こえるはずのない声が降ってきたのだ。エルに会いたいと願いすぎたあまり、いよいよ幻聴まで聴こえるようになってしまったのだろうか。

期待してはいけないと思いながらも、心臓は早鐘を打っていく。

ゆっくりと顔を上げればそこには、見間違えるはずもない彼の姿があって。わたしは呼吸をするのも忘れ、ただその姿を見つめることしかできない。

「約束通り、迎えに来てやったぞ。お姫様」

やがて、わたしの大好きな絵本のセリフに似た言葉を、ひどく意地悪な笑みを浮かべ、彼は言ってのけた。

くだらないだとか、子供くさいだとか言ってバカにしながらも、結局しっかり読んでいたらしい。

そしてそれを今、この状況で言うなんて反則だ。嬉しさと愛しさで余計に涙が滲み、視界がぼやけていく。

「……おそい、よ」

「そこはお待ちしてました、だろ」

今やわたしよりも頭ひとつぶん背の高い彼は、再び絵本の中のセリフを口にすると、子供みたいに笑った。

透き通った蒼い瞳を柔らかく細める姿は、泣きたいくらいに綺麗だった。腰まである絹のような銀髪が時折風に揺れ、人間離れした彼の美しさを引き立てていて。

まるで神様みたいだとすら、思ってしまう。

ぽろぽろと涙が溢れ出したわたしに、「本当、まだまだガキだな」なんて言った彼は、ぶっきらぼうな言葉とは裏腹に、ひどく優しい手つきで涙を拭ってくれた。

「遅くなって、悪かった」

初めて会った頃には想像もつかなかった、その優しい表情と声色に、わたしは余計に涙が止まらない。謝ることだって、何よりも苦手で嫌いだったくせに。

「っエル、無事で、よかった。会いたかった」

「知ってる」

素直な気持ちを告げれば、いつの間にかきつくきつく抱きしめられていて。懐かしい体温と匂いに、また涙が出る。

「……俺もずっと、会いたかった」

そして、ひどく優しい声でそう呟いた彼さえ側にいてくれれば、わたしにはもう、怖いものなんてない気がした。

エピローグ

「…………」

「…………」

「で、ようやく会えたお二人は何故、ずっと無言なんですか？」

ユーインさんはわたし達を見比べると、首を傾げた。そんな様子を見て、マーゴット様は可笑しそうに笑っている。

あの後、わたしはエルに抱き抱えられ神殿へとやって来ていた。彼はひどく疲れているはずなのに、こちらに戻ってくると身支度を整えてすぐ、わたしの下へ来てくれたのだという。

とは言え、あんなに会いたい、好きだと伝えたいと泣いていたにも拘わらず、いざこうして会うとあまりにも久しぶりすぎて、何から話せばいいのかわからなくなっていた。

こうして隣にエルがいることが、未だに信じられない。心臓は痛いくらいに高鳴り続けている。

もう夜も深い上に、エルもかなり疲れている。今日は軽く報告だけ済ませて、後日改めて彼の帰還を祝おうということになった。

「とにかく、無事に帰ってきてくれて良かった。お前は本当によくやってくれたよ。ありがとう」

「ああ」

「私からもお礼を。貴方のお蔭で、世界は救われました」

「……気持ち悪いし、そういうのはもういい」

本当に死にそうなくらい疲れたと、エルは溜め息を吐いた。そんな彼に対して、いつも通りで安心したとマーゴット様は微笑んだ。

「それにしても、結構な時間がかかりましたね。これ以上遅くなるようでしたら、私がジゼルさんに求婚しようかと」

「お前は相変わらず、つまんねえクソみたいな冗談を言うんだな」

そんな意地悪を言っているユーインさんは誰よりもエルを心配していて、危険だと知りながら何度も彼の下へ行こうとしていたことを、わたしは知っている。

「つーか、俺の封印までの時間は間違いなく過去最速だったからな。俺の中ではまだ、あれから二週間しか経ってない」

「えっ」

あまりにも驚いたわたしの口からは、間の抜けた声が漏れてしまう。目の前の二人も、かなり驚いた様子だった。

「だ、だって、ずっと会いたかった、って……」

「あのなあ、二週間近く一睡もしないで一人であんな化け物と戦ってたんだぞ？　どれだけ長くて辛かったと思ってんだ」

確かにそう言われれば、そうかもしれないけれど。彼とそんなにも時間の差があったなんて、思いもしなかった。

「……だからこっちも長くて一、二年くらいしか経ってないだろうと思ってたのに、四年も経ってるとかふざけてんだろ」

そう呟くと、エルは再び深い溜め息を吐く。

「魔窟での時間の流れは読めませんからね。けれど、納得しました。たった二週間で、ジゼルさんがこんなにも美しく成長していれば、流石のエルヴィスもかける言葉が見つからないくらい、照れてしまいますよね」

「黙れバカ」

彼はそう言って、ユーインさんを睨みつけた。

あのエルがそんなことで照れるなんて、流石にないだろう。

「まあ、ジゼルは神殿内でも大人気だからな。アプローチする男も後を絶たないと聞いている」

「は？」

そんなマーゴット様の言葉に、エルは「ちょっと待て」と言い、隣に座るわたしを睨んだ。

「アプローチもそうだけど、神殿内って何だよ」

「わたし、卒業後は神殿内の治療院で働いてるんだよ」

「……何であんなとこにいたのかと思ったけど、そういうことかよ」

てっきり褒めてくれるかと思っていたのに、何故かエルは怒ったような様子を見せると、わたしの腕を掴みソファから立ち上がった。

「ババア、またな」

「あの、エル？」

「行くぞ」

そう告げられるのと同時に、ぶわりと身体が浮遊感に包まれる。「仲良くな」「ごゆっくり」と言う二人の声が、やけに遠くから聞こえた気がした。


「……ここ、どこ？」

「俺の部屋」

「そ、そうなんだ」

突然の転移魔法によって着いた先は、ベッドとソファ、そしてテーブルと棚がひとつだけある、綺麗に整頓された生活感のない部屋だった。

神殿内にあるエルの部屋に入るのは、初めてだった。

腕を引かれたまま歩いて行き、ベッドに腰掛けたエルはわたしから手を離した。そんな彼から少し離れたところに、わたしも恐る恐る腰を下ろす。

当たり前のように彼にくっついて座っていた頃が、もう思い出せない。むしろエルの顔すらまともに見られないくらい、わたしは緊張してしまっていた。

エルの姿はあの頃と何も変わっていないのに、落ち着かなくなってしまう。

「……お前、いくつになった？」

「十九歳に、なりました」

「…………」

じっとこちらを見つめるエルは、やはり不機嫌そうだ。もっと感動的な、甘い空気になるのを勝手に想像していたわたしは、戸惑いを隠せずにいた。

「神殿で働いてるって？」

「う、うん」

「…………」

やはり、エルは無言だ。何とも言えない空気に、もしかすると今のわたしは彼が想像していた姿と何か違ったとか、色々と悪い方向に考えてしまっては、不安になっていた時だった。

「――俺のこと、好きじゃなくなったのか」

そんな信じられない問いが、彼の口から溢れた。いつも自信に満ちていて、誰よりも威張っていたエルらしくない、ひどく切実な声だった。

わたしはその言葉の意味を理解するのに、かなりの時間を要した。

「…………なんて？」

「まともに俺の顔も見ない上に、そんな離れて座るとか、それ以外に理由なんてないだろ」

なに、それ。意味がわからなかった。

わたしがこの四年間、一体どんな気持ちでいたと思っているのだろうか。顔を上げると、わたしはまっすぐにエルを見つめた。

「す、好きに決まってるじゃん！　わたしはむしろ四年前よりも今の方がエルのことを好きになってるかもしれないくらいで、毎日エルのことばっかり考えてたんだよ！　好き、大好きだもん！」

「――は」

「だからこそ実物をいざ目の前にしたら、やっぱり思ってた以上に格好いいし、なんだか恥ずかしくなっちゃうし、ドキドキしてまともに顔も見れないだけなのに、わたしの気持ちを疑うなんてひどい、エルのバカ！　でも、ごめん……」

もう頭の中はめちゃくちゃで、途中からは自分でも何を言っているのかわからなくなっていた。

それでも最後に「エルだけがずっとずっと、大好きだよ」と呟けば、エルは深い溜め息を吐き、自身の目元を片手で覆った。

「…………良かった。悪かった」

「えっ？」

「四年も経てば、流石にお前の気も変わったかと思った」

「か、変わるわけなんてない！　わたしはずっと好きだったよ」

すぐにそう答えると、「だから、わたしは、ってなんだよ。は、って」と不機嫌そうな声を出したエルによって、ぐいと抱き寄せられた。

懐かしい大好きな体温と匂いに包まれ、再びじわりと涙腺が緩んでいく。ずっと、エルに会いたかった。好きだと伝えたかった。触れたかった、抱きしめられたかった。

そんな願いが全て叶った今が、幸せで仕方ない。

「っエル、おかえりなさい。大好き」

「……ああ」

改めてエルへの想いを、泣きたくなるくらいに思い知らされていた。

エルはやがて、そんなわたしの頬を両手で包むと、そのままぐいと顔を上げさせた。あまりの顔の近さに、心臓が大きく跳ねる。

透き通った彼の美しい碧眼に、吸い込まれてしまうのではないかという錯覚すら覚えた。

「お前、でかくなったな」

「わたし、もう大人だよ」

「だろうな」

てっきりまだ子供だと言われると思っていたのに、エルはすんなりとそう言うものだから、何だか調子が狂い、照れてしまう。

「ユーインさんの言う通り、綺麗になってて照れた？」

「ああ。焦った」

だからこそ、ふざけて冗談のつもりでそう言ったのに、予想もしていなかった答えが返ってきて、思わず息が止まった。

「ええと、あの」

「お前が俺以外を好きになってたら、本気でどうしようかと思った」

「そ、そんなこと絶対にあり得ないよ！」

「そうみたいだな」

エルはまるで子供みたいに嬉しそうに笑うと、再びわたしを腕の中に閉じ込めた。聞こえてくる彼の心音も速くて、より愛おしさが込み上げてくる。

そんな中、突然力が抜けたようにエルがわたしの肩に顔を埋めたことで、再び心配が大きくなる。

「……エル、大丈夫？」

二週間もの間、眠ることもせずにずっと戦い続けていたなんてどれほど大変なことなのか、わたしには想像もつかない。何より水晶が割れてしまったことが気がかりで、それを伝えたところ、エルはああ、と納得したように口を開いた。

「怪我はある程度自分で治してたし、さっきシャノンに会ったから問題ない。水晶は最後の最後で、俺の最大限の魔力に耐えきれなくて壊れただけだろうな」

「そうなんだ、無事で本当に良かった……」

そう呟いたところ、「完全に無事ってわけでもないけどな」という言葉が返ってきて、わたしは慌てて顔を上げる。

「どこか悪いの？」

「急いで帰ってくるために色々と犠牲にしただけだ。つーかそれなのに四年も経ってるとか、本気でむかつく」

とは言え、ああしていなければ何年経っていたかわからないし、まあ正解だったなとエルは苦笑いを浮かべている。

彼は色々なものを代償にすることで、より強い力を得たのだという。犠牲という言葉が引っかかり、不安になるわたしを見てエルは「だから、大丈夫だって」と言い、わたしの頬に触れた。

「その色々って、なに？」

「属性魔法が二種類使えなくなった」

「えっ？」

「まあ、他にもいくつか使えるし大して困らない」

エルは元々ほとんどの属性魔法が使えると言っていたから、ふたつくらい使えなくなってもさほど困らないらしい。

一番得意だという氷魔法も無事のようで、本人は全く気にしていないようだった。

けれど次の瞬間告げられた言葉に、わたしは息を呑んだ。

「あとは寿命を削った」

「じ、寿命って……大丈夫なの？」

「ああ、余分な分を使っただけだ。これからは俺もお前と同じペースで老いるし、普通の人間と寿命も変わらないだろうな」

「……うそ」

「こんな嘘なんてつかねえよ、バカ」

まるで大したことでもないように、エルはそう言ってのけた。余分な分、わたしと同じペースで老いるという言葉に、視界がじわじわと滲んでいく。

「何だよ、その顔」

「だ、だって……」

もちろんエルには長生きして欲しい。

けれどわたしだけ先に老いて、彼よりもずっと早くに死んでしまうことを、内心ずっと寂しく思っていたのだ。

だからこそエルと一緒に歳を重ねていけること、彼もまたそれを望んでくれていることが、何よりも嬉しかった。

再び泣き出しそうになるのを必死に堪えていたところ、変な顔だと笑われてしまう。

「エルはそれで、いいの？」

「ああ。お前がいないと、意味ないし」

「そ、そんなこと言うの、ずるい……」

相変わらず素っ気ない言い方だけれど、彼にとっては最上級の愛の言葉のような気がした。

エルらしくない素直な態度に、余計に涙腺が緩んでいく。

「ほ、本当にわたしと、結婚してくれる？」

「お前が嫌がったってしてやるから、安心しろ」

「つうれしい、好き……っう……」

「わかったから、もう泣くな。つーかさっきまで俺の顔もまともに見れなかったくせに、いきなり結婚の話とか、お前の頭の中どうなってんだよ」

呆れたように言ったその声には、嬉しさが滲んでいるような気がした。愛しさが溢れてきて、エルの背中に回していた腕に、ぎゅっと力を込める。

「エル、大好き」

「……俺も」

いつものように「あっそ」「知ってる」なんて言われると思っていたのに、そんな言葉が返ってきたことで、再び大泣きし始めたわたしの頭をエルは昔と変わらずにくしゃりと撫でてくれる。

これから先、大好きな彼と本当の家族になる未来を想いながら、わたしは胸いっぱいの幸せを感じていたのだった。

番外編

変化

「この魔道具は体力回復に効くから、エルヴィス様の近くに置いておけ。あと、こっちはお前の分の食事だ。食いたければ食え」

「ありがとう、クラレンス。すごく助かる」

「フン、エルヴィス様の為だからな」

そう言うと、クラレンスは針に糸を通すような丁寧さで、物音ひとつ立てずにドアを閉めた。

わたしは受け取った食事をテーブルに乗せた後、言われた通りに魔道具を眠り続けるエルの枕元に置き、そのすぐ側に腰を下ろした。

すやすやと寝息を立てるその無防備な寝顔は、子供のようにあどけなくて可愛い。いつまでも眺めていられるくらい、愛おしくてたまらなかった。

エルが戻ってきて三日が経ったけれど、彼はあの日の夜からずっと眠り続けている。一度も目を覚まさず、流石に不安になって二日目の夜にはマーゴット様に様子を見ていただいたくらいだ。身体にはなんの問題もないようで、ひたすら安心した。

よほど疲れていたのだろう、彼が自分から目を覚ますまでずっと、わたしはエルの側で静かに過ごすつもりでいる。

有休が溜まっていたこともあり、一週間の休みをいただいたのだ。ずっとエルの側にいられることが、幸せで仕方ない。

わたしはしばらく彼の寝顔を眺めた後、クラレンスが持ってきてくれた食事をありがたくいただき、そのままエルの部屋で刺繍の練習をして過ごしたのだった。

◇◇◇

そして、四日目の夜。

そろそろ自室に戻って眠ろうかなと思いながら、読書をしていた時だった。

エルの口から小さな声が漏れ、ゆっくりと瞼が開いて。何かを探すように視線を彷徨(さまよ)わせたエルの瞳は、やがてわたしを捉えた。

その瞬間、ほんの少しだけほっとしたように見えたのは気のせいだろうか。

「エル、おはよう。たくさん寝たね」

「……………ん」

まだ眠たそうなエルは、「こっち来い」とだけ呟いた。

わたしは栞を挟んで本を閉じるとテーブルに置き、彼の側へと向かう。そうしてベッドに腰を下ろすと、いきなり布団に引き摺り込まれてしまった。

きつく抱きしめられ突然のことに驚きつつも、やはり嬉しさを感じてしまう。

「……焦った」

「えっ？」

「一瞬、夢かと思った。こっちに戻ってきたのも、全部」

「大丈夫、全部現実だよ」

そう言って身体に回されている彼の腕を抱きしめ返せば、エルは小さく溜め息を吐いた。

「俺、どれくらい寝てた？」

「四日半くらいかな」

「は」

どうやらエルは、一日くらいの感覚だったらしい。流石に驚いたようで、くしゃりと前髪をかき上げ、「まじか」「寝過ぎた」と呟いている。

「生まれて初めて、こんな寝た気がする」

「それくらい疲れてたんだよ。だいぶ楽になった？」

「ああ。もう三日くらいは寝なくてよさそうだ」

寝過ぎたせいか、まだ頭がぼんやりとしているらしい。

「……お前、ずっとここにいたのか？」

「うん。お風呂と寝る時以外は基本、ずっとここにいたよ」

「ふーん。お前、ほんと俺のこと好きだな」

「うん。そうだよ」

「…………」

そう返事をしたところ、何故か何とも言えない顔をされた。その上、「こっち見んな」なんて言われてしまったものの、その顔は少しだけ赤い気がする。

「でもなんかお前、変わったな」

「そう？」

「昔はいつも俺が寝てても、うるさく起こしてきたくせに」

「ふふ、流石にもうそんなことはしないよ」

あの頃のわたしはまだまだ子供で、本当にエルが大好きだったなと懐かしくなる。もちろん、今も彼のことが大好きなことに変わりはないけれど。

やがてエルはわたしを抱き抱えたまま起き上がると、腹へった、と両腕を伸ばした。

「この時間はどこもお店はやってないだろうし、何か作ろうか？」

「お前が？」

「うん、簡単なものなら今すぐ作れるよ。今日のお昼に買い出し行ってきたばかりだから、材料はたくさんあるし」

そう告げたところエルは数秒の後、「頼む」と言ってくれた。

支度を終えたらすぐにわたしの部屋へ向かうと言うエルと別れ、自室へと向かう。

そしてなるべく、胃に優しい料理を作り始めた。厳しすぎるクラレンス先生の指導のお蔭で、料理も大分上達したように思う。

そうして調理をしていたところ、突然耳元で「へえ、上手いじゃん」という声が聞こえ、思わず鍋をひっくり返してしまいそうになった。

「び、びっくりした……！」

「驚きすぎだろ」

どうやらエルは転移魔法で、いつの間にかやって来ていたらしい。ラフな白いシャツを着て、長い髪を後ろでひとつに結んでいる姿はなんだか新鮮で、とても格好良い。思わずどきりとしてしまう色気も滲み出ていて、落ち着かなくなる。

わたしは動揺を悟られないよう、必死に作業を続けていく。エルはそんなわたしを料理が完成するまでずっと、近くの椅子に座り頬杖をつきながら黙って見つめていた。

「……普通にうまかった」

「本当？　良かった」

やがて出来上がった料理を、エルはあっという間に完食してくれて。その上、素直に褒められたわたしは、嬉しさに頬が緩んでしまうのがわかった。元々、こうしてエルに食べてもらいたくて練習を続けて来たのだから。

それからは並んでソファに座り、ゆっくりと話をすることにした。この四年間、色々なことがありすぎて、全てを伝えるには一晩ではとても足りない。

つい慌てて早口で話してしまうわたしを見て、エルは「これから時間はいくらでもあるんだから、少し落ち着け」と言って笑っている。

二時間ほどかけて、とりあえずざっくりと学生時代から最近までのことを話し終えたところ、エルは何故か不機嫌な様子になっていた。

「…………」

「…………」

エルの気に障るような、まずいことを言ってしまっただろうか。そんな不安を抱いていると、むすっとした表情を浮かべたエルによって、突然抱き寄せられて。

「あ、あの、エル？」

「……むかつく」

「えっ？」

「お前が俺のいない間に変わったのも、俺が知らないことばかりなのも、全部むかつく」

エルはそう言うと、わたしを抱きしめる腕に力を込めた。

彼のいない間にわたしが変わったこと、わたしについて知らないことが多いことが、むかつく。

その言葉の意味を、彼の腕の中で必死に考えてみる。

「……ええと、やきもち、みたいな感じ？」

恐る恐るそう尋ねると、エルは「悪いか？」なんて言うものだから、驚きでほんの一瞬、固まってしまったけれど。じわじわと嬉しさが込み上げてくるのがわかった。

「全然悪くないよ、嬉しい」

「あっそ。俺は嬉しくない」

「ふふ」

顔を上げると、拗ねたような表情を浮かべるエルと視線が絡んだ。ついへらりと笑ってしまったところ、「笑うな、バカ」と怒られてしまう。

そんなわたしも、今の彼と同じであろう気持ちを味わったことがあった。

「わたしもね、エルがいない間に昔のエルの話をみんなから聞いた時、寂しくなったよ。わたしはエルのこと、何も知らなかったんだなって」

マーゴット様やユーインさん、シャノンさんやクラレンス。みんなから、いつもエルの話を聞いていた。子供の頃の彼の話や、大人になってからの話。

わたしがエルといたのは、彼の長い人生のうち、二年にも満たない時間だった。

それを思うと、もどかしいような、切ないような、悔しいような気持ちになった記憶がある。そしてそれは、彼のことが大好きだからこそ抱いた感情だった。

だからこそ、今のエルがあの時のわたしと同じ気持ちだと思うと、嬉しくて仕方がない。

「これからはもっと、エルのことを知っていきたい。わたしのことも、たくさんエルに知って欲しい。これからはずっと、一緒なんだから」

そう告げれば、エルはほんの少しだけアイスブルーの瞳を見開いた後、形の良い唇で美しい弧を描いた。

「……やっぱり、お前は変わってないな」

両頬を、エルの大きな両手で包まれる。エルはもう不機嫌な顔をしておらず、どちらかというと満足げな表情にも見えた。そんな様子に内心安堵しつつも、ぎゅっと頬を押さえつけられ、何だか子供扱いされている気分になってしまう。

「でも、良い意味で変わったところもあるからね。わたしももう、大人だもん」

「へえ？」

そう言った、次の瞬間。気が付けばエルによって、ふわりと唇を塞がれていた。ほんの一瞬、軽く触れるようなものだったけれど、わたしを動揺させるには十分で。

「な、なな……」

一瞬で顔が熱くなり固まってしまうわたしを見て、エルは誰よりも綺麗に笑ってみせた。

「これくらいで真っ赤になるなんて、まだまだ子供だな」

「……っ」

「早く大人になれよ、クソガキ」

そう言って再び顔を近づけてくるエルに、わたしはまだまだ敵う気がしなかった。

誤解

「エルヴィス様、本当に素敵ね……！」

「ええ、想像していた何十倍、何百倍もお美しいわ」

すぐ近くから聞こえてくるそんな会話を聞きながら、わたしは壇上の椅子に腰を下ろし、頬杖をついてこちらを見下ろしているエルを見つめていた。

そんな誰よりも偉そうな姿ですら、恐ろしいほど絵になっている。実際に今の彼は、この場にいる誰よりも偉いのだけれど。

――エルが戻ってきて、一週間が経った。

この一週間はマーゴット様の計らいで、わたしもまとまった休みをもらい、エルとずっと一緒に過ごしていた。そして今日から、彼と共に仕事に復帰したのだ。

今日は朝から大聖堂に神殿に勤める人間を全員集め、エルが戻ってきたことを知らせていた。

元々勤めていた人々とは違い、わたしの同期や四年目までは全員、エルの姿を見るのは初めてで、みんな興奮や感動を抑えきれないといった様子だった。

けれど、その気持ちもわかってしまう。大魔法使いとしての正装を身に纏い、どこか冷めたような表情を浮かべるエルは、神聖な雰囲気に包まれていた。

昨日、わたしの部屋でひたすらゴロゴロしては、お菓子の袋すら自分で開けようとしていなかった人と、同一人物だとはとても思えない。

こうして見るとやはり彼は本来、遠い人なんだと再認識した時だった。

「……っ」

壇上にいたエルと、不意に視線が絡んだのだ。

それと同時に、彼は小さく口角を上げて。そのあまりの美しさに、周りにいた女性達からは声にならない叫び声が上がる。

流石のわたしも思わずどきりとしてしまったものの、小さく笑みを返し、なんとかマーゴット様の話に集中しようと頭を切り替えた。

「エルヴィス、大人気ね。まあ、当たり前だけれど」

「……はい」

その日の昼休み、わたしはシャノンさんと共に食堂で食事をとっていたけれど、周りから聞こえてくる会話は全てエルに関するものだった。

嬉しいような、寂しいような、そんな気持ちになってしまう。

「昔は皆エルヴィスに憧れていても、あんな性格だったからほとんどが遠巻きに見つめるだけだったのよ。でも今のエルヴィスは大分優しくなったし、これからは熱心なファンも増えるかもね」

シャノンさんはそう言うと、「負けないように精々頑張りなさい」と笑った。

「お前なんて相応しくないとか言われないよう、頑張らないと……」

「まあ、エルヴィスの選んだ相手に対して文句を言うような死にたがりなんて、滅多にいないと思うけれど」

「死……？」

何だかやけに物騒な言葉に戸惑いつつ、わたしは背筋が伸びるような思いがした。

その日の夜、仕事を終えたわたしは自室にて、エルと過ごしていた。エルはベッドに寝転がり、ぱらぱらと宙に浮かせた本を捲っている。

何だか今日はご機嫌らしく、珍しく鼻歌なんて歌っていて。わたしは今が絶好のタイミングだと思い、「ねえ、エル」と話しかけた。

「ん？」

「しばらくの間、お互いの部屋の中以外で関わるの、やめない？」

「は？」

そう告げた途端に、エルは一瞬にしてあからさまに不機嫌な態度になってしまう。ばさりと本は胸元に落ち、彼はそのまま身体を起こすと、責めるような視線をこちらへと向けた。

「なに？」

「もちろんエルと少しでもたくさんお話ししたいんだけど、色々大変なことになりそうだなって」

あまりにも、エルは影響力がありすぎる。そんな彼といち職員のわたしが親しいと知られれば、面倒ごとが起きてもおかしくはない、むしろ絶対に起きるだろうとシャノンさんは言っていた。一ヶ月もすれば、ある程度落ち着くだろうとも。

だからこそその間だけ、と言えば、エルは「あっそ」とそっぽを向いた。

「ごめんね。その分、仕事以外の時間はもっとエルに会いに来てもいい？」

「……勝手にしろ」

エルはそれからすぐ「寝る」と言い、わたしに背中を向けてしまったのだった。

◇◇◇

「ねえ、ジゼルってエルヴィス様の恋人って本当なの？」

それから数日後の、ある日の仕事の休憩時間。庭園のベンチで一人のんびりとしていると、偶然通りかかった同期の女の子と先輩に詰め寄られてしまった。

「え、ええと……」

一体、どこから漏れてしまったのだろうか。とは言え、未だに神殿内はエルの話題で持ちきりなのだ。やっぱり隠し通すなんて、無理なのかもしれない。

そう思ったわたしは嘘をつくのも嫌で、正直に答えようと決めたのだけれど。

「こいびと……」

果たして、わたしとエルの関係は恋人同士と言えるのだろうか。恋人というのは一方が交際を申し込み、それを受けたことで成立する関係だと、以前聞いたことがある。

わたし達の間で過去にそんなやり取りをしたことはないし、何より、もっとぴったりな言葉があるような気がした。

「恋人では、ないと思います」

「えっ、そうなの？」

「はい。恋人じゃなくて、」

「あっ、ユーイン様よ！」

そんなわたしの言葉を遮るようにして、遠くからそんな声が聞こえてくる。すると目の前にいた二人は一瞬で「えっ！」と振り返った。

実は彼は、神殿内でもトップクラスの人気を誇っている。

整いすぎた顔立ちやすらりとした体軀、常に笑顔で穏やかな雰囲気を纏っている彼は、地位だってある。そんなユーインさんが老若男女から支持されているのは当たり前だろう。

何より彼は誰にでも優しい、神対応で有名なのだ。だからこそ皆、彼の姿を見つけると急いで声を掛けに行ってしまう。

「教えてくれてありがとう、またね！」

「えっ、あの、まだ……」

まだ話の途中だったのに、と言いかけたわたしを他所に、二人はユーインさんの下へと駆けて行く。わざわざ追いかけて行くのも変だし、後日また会った時に訂正すればいいだろう。

「午後からも仕事、頑張らなきゃ」

わたしは立ち上がり気合を入れ直すと、仕事場へと戻ったのだった。

「あ、エル、ヴィス様。お疲れ様です」

「…………」

そうして仕事を終え、帰宅しようと廊下を歩いていると、偶然エルと出会した。その側にはユーインさん、そして神殿に勤める先輩方の姿もある。

思わずいつも通り話しかけてしまいそうになったのを、何とか誤魔化す。

人前では立場を弁(わきま)えてしっかりしなければ、と反省していたところ、ふとわたしの目の前でぴたりと足を止めたエルが、ひどく不機嫌な表情を浮かべていることに気が付いた。

「…………」

「……あの、何かありましたか？」

「お前、もう仕事は終わったのか」

「は、はい」

何かあったのだろうかと思いつつ返事をすれば、エルは振り返りもしないまま、ユーインさんの名前を呼んだ。それだけで何か伝わったのか、ユーインさんは「はいはい、わかりました」とだけ言い、いつもの笑みを浮かべる。

「行くぞ」

「えっ？」

急に抱き寄せられたかと思うと、同時に浮遊感を覚えて。

次の瞬間には、わたし達は廊下からエルの部屋へと移動していた。心臓に悪いから転移魔法を使う時には事前に教えて欲しいといつも言っているけれど、エルはなかなか聞いてくれない。

そんな中、エルはどかりとソファに腰を下ろし、責めるような視線をこちらへ向けた。立ったままのわたしは、とりあえず恐る恐る少し離れたところに座ってみる。

すると「は？」なんて言われてしまい、間違えてしまったかと慌てて立ち上がったところ、彼の魔法によってぐいと引き寄せられ、すぐ隣に座る形になってしまった。

どうやらわたしは、彼が求めていたこととは真逆の行動をとってしまっていたらしい。

「あの、エル……？　何か怒ってる？」

「ああ」

「えっ、わたし、何かした？」

「胸に手を当てて考えてみろ、バカ」

エルはそう言ったものの、何ひとつ心当たりはない。昨晩も一緒に食事をしたけれど、彼の様子はいつも通りだった。

つまり、わたしが彼に何かしてしまったのならば、今日の朝から先ほどまでの間ということになる。けれど今日彼と関わったのは、つい先程が初めてなのだ。

だからこそ、さっぱりわからない。

そんなわたしを見かねたらしいエルは、深い溜め息を吐いた。

「お前、俺をなんだと思ってんの？」

「…………？」

質問の意図がわからず、余計に戸惑ってしまう。

とりあえず「ええと、大魔法使い様です」と答えてみたところ、「クソバカか」とのお言葉をいただいてしまった。

「お前にとって俺は何なのか、って聞いてるんだけど」

今度は、わかりやすい質問が来てほっとする。何故エルが突然そんなことを尋ねてくるのかはわからないけれど、素直に答えてみることにした。

「全部だよ」

「は？」

「だから、全部。エルはわたしの全てだよ」

そう正直な気持ちを伝えたところ、エルは一瞬、驚いたように宝石のような碧眼を見開いた後、片手で目元を覆って。深い深い溜め息を吐くと、「本当にお前のそういうところ、嫌だ」と呟いた。

「……俺が聞いてるのは、そういうことじゃない」

「どういうこと？」

「俺とお前の関係について言ってるんだけど」

「わたしと、エルの関係」

「そ」

そう言われて初めて、察しが悪いといつも言われるわたしもようやく、エルが何故こんなことを言い出したのか、何となく予想がついた。

「……エル、昼間の会話、もしかして聞いてた？」

「ああ」

そしてエルが不機嫌な理由も理解した。

どうやらあの時彼はちょうど、わたし達がいたあたりの真上の窓辺にいたようで、会話が全て聞こえていたらしい。

話が途中で終わってしまったことを考えると、間違いなく最悪な捉え方をされているに違いない。

わたしは慌ててエルの手を取ると、ぎゅっと両手で握りしめた。

「ごめんね、エル。違うの」

「何がだよ」

「エルはわたしのこと、その、恋人だと思ってくれてたの？」

そう尋ねれば、エルは「だったら何だよ」とそっぽを向いてしまう。

これは、間違いなくイエスだろう。嬉しくなったわたしは、そのままエルに抱きついた。

「すごく嬉しい」

「あっそ。でもお前は違うんだろ」

「うん」

「は？」

本日三回目の「は？」をいただいたわたしは、恥ずかしさを堪えながら口を開く。

「……わたしはね、こ、婚約者だと思ってたの」

すると彼の口からは、本日四回目の「は？」が零れた。

「エルは結婚しようって言ってくれたから、婚約していることになるのかな、と思ってたんだけど、やっぱり違った……？」

わたしは恋人よりも婚約者の方がより近い存在だと思っていて、だからこそ恋人ではなく、エルのことを婚約者だと言おうとしていたのだ。

まさか話の途中で相手がいなくなってしまった上に、それをエルに聞かれていたなんて想像すらしていなかったけれど。

やがて恐る恐るエルを見上げたわたしは、言葉を失った。

「エル……？」

「こっち見んな、バカ、アホ」

彼の顔は、はっきりとわかるくらいに赤く染まっていたからだ。そんな彼は相変わらず、子供の悪口のようなことを言っている。

どうやら、照れてくれているらしい。その様子があまりにも可愛くて、つい口元が緩んでしまったわたしを見て、エルは「本当にお前、嫌だ」と呟いた。

「どうして嫌なの？」

「……俺が、バカみたいだろ」

「そんなことないよ。紛らわしい言い方をしちゃってごめんね」

エルがわたしのことを恋人だと思っていたことも、わたしが恋人ではないと言ったことに対して拗ねてくれていたことも、嬉しくて愛おしくて仕方がない。

エルはわたしの肩に顔を埋めると、「お前はそういう奴だった」なんて独り言を言っている。

「いいか、今後は俺との関係を聞かれたら、全部そう答えろよ」

「婚約者って？」

「ああ」

「その、何か言われたりとか迷惑になったりとか、」

「あのなあ、お前は俺を誰だと思ってんだ」

そんな人間がいたら、一瞬で黙らせるとエルは言ってのけた。

「むしろ、男には自分から言って回るくらいしろ」

「どうして？」

「お前、俺がいない間に言い寄られてたんだろ」

「……それは、うん」

「ユーインから全部聞いた。むかつく」

エルが戻ってくるまでの間に、わたしは何度か同僚の男性や先輩に、食事やデートに誘われたことがあった。

もちろん全てその場でお断りしていたし、誰にも言っていなかったのだけれど、何故ユーインさんは知っているのだろうか。

「とにかくお前が俺のものだと知れば、手を出そうとする奴なんていなくなるだろ。さっさと言いふらせ。わかったか？」

「わ、わかりました！」

やっぱりエルは、やきもちを焼いてくれているらしい。当たり前のように告げられた「俺のもの」という言葉に、心臓が大きく跳ねた。嬉しくて、くすぐったい。

「あと、男と喋るな」

「それは流石に……」

何だか最近のエルは、やきもち焼きに拍車がかかっている気がする。そんな彼も大好きだと思いつつ、わたしはずっと考えていたことを伝えてみることにした。

「今度エルに指輪をプレゼントしてもいい？　今ね、お互いに婚約指輪っていうのを贈り合うのが流行っているんだって。わたしはこの指輪があるから、エルにもお揃いのもの贈りたくて」

「ふーん。それ、お前の十年分の給料だけどな」

「えっ」

強力な魔道具に使われるくらいなのだ、かなり高価なものだとは思っていたけれど、まさかそんなにも値が張るものだとは思っていなかった。

金額をざっくり計算してみただけでも、普段から身につけるのが不安になってくる。

「あの、こんな高価なものをありがとうございます……」

「別に。俺からすれば、大した額じゃない」

「同じものは無理だけど、プレゼントしたら受け取ってくれる？」

そう尋ねれば、エルは「ん」と頷いてくれた。迷惑かなと思ったものの、今から買いに行ってやってもいい、なんて言われてしまい、嬉しくなる。

「そう言えば結婚後は指輪の裏に、お互いの名前を入れたりもするらしいよ」

「ふーん」

「あ、ジゼル・クレヴァリーって、すごく素敵だと思わない？」

何気なくそう言ってみたところ、エルは何故か目元を右手で覆った。

「……お前はもう少し、羞恥心を持った方がいい」

そう言いつつもエルは「悪くないかもな」と言ってくれて、幸せな笑みが溢れた。

あとがき

こんにちは、琴子です。この度は『家から逃げ出したい私が、うっかり憧れの大魔法使い様を買ってしまったら2』をお手に取っていただき、ありがとうございます。

二巻、楽しんでいただけたでしょうか？　一巻ではエルの無自覚なやきもちや独占欲がメインでしたが、二巻ではしっかりと恋愛感情が芽生え、だいぶ甘さが増したかなと思います。

鈍感なジゼルよりも先に恋愛感情を自覚したエルが、ぐいぐい攻める部分は書いていてとても楽しかったです。また、それを美しい挿絵で見られる幸せを噛み締めています。

やはりツンデレのツンの部分が強く長いほど、デレの破壊力は上がる……。

書籍では、エルがいなくなった後の学園生活を加筆しました。クライドには幸せになってもらいたいです。クラレンスとの関係も好きです。ジゼルにとっての恋のライバルや悪女になりきれないシャノンも、私自身お気に入りのキャラクターの一人です。

また、エルが迎えに来るプロローグ回収シーンもウェブ版とは大きく変更しました。学園の木の下で過ごす二人が好きで、元々は桜の木の下での再会にしていたのですが、「夜だと思っていた」というお声が多く「た、確かに夜もロマンチック……！」と思い、書籍では流星群の日の夜にしました。こちらの違いも、素晴らしい口絵と合わせて楽しんでいただければ幸いです。

今回もＴＣＢ先生による素敵なイラストが沢山でした！　本当にプロローグ部分は一番見たかったところでして、想像を超える素敵なシーンにしていただけて幸せです。泣いてしまう……。ちっちゃなエルも超絶可愛かったですが、大人エルも神ですね。こんなにも大人びた美しいお顔をしているのに、中身は結局あのエルのままなのが最高にギャップ萌えだと思います。（感謝）口絵裏は心臓が吹き飛びました。本当にありがとうございます。一生眺めていられます。

コミカライズもいよいよスタートしております。鷹来タラ先生によるエルとジゼルの尊さと可愛さ……本当に本当に素晴らしいので、皆さまには絶対に読んでいただきたいです。エルとジゼルが生きています。最高です！（大声）私は毎回大興奮して、暑苦しい感想をお送りしております。

そして、担当様にもこの場を借りてお礼申し上げます。いつもたくさん褒めてくださり、とてつもないやる気をいただいております。ウェブ版でエルが大人の姿になりジゼルを助けに行くシーンを更新した後には、素敵な感想を送ってくださったのも本当に嬉しかったです。

本作の制作・販売に携わってくださった全ての方々にも、感謝申し上げます。

最後になりますが、ここまで読んでいただきありがとうございました。

これからもジゼルとエルを見守り、応援していただけると幸いです。

また、ファンレターも大変励みになっております。ありがとうございます！

お礼の気持ちを込めてお話をもうひとつ用意しております！

学生時代のエルとジゼルを書くのが大好きな私です。

では、どうぞ！（次のページから始まります）

やり直しのキス

　ある日の放課後、わたしはリネやクラスメイトの女の子達とくっつけた机を囲んで座り、持ち寄ったお菓子を並べてお菓子パーティーをしていた。

　わたしが持ってきたのは、昨日リネと街中のお菓子屋さんで買ってきたスティック型のクッキーだ。チョコレートや砂糖菓子で綺麗に飾られていて、皆からも可愛いと大好評で嬉しくなる。

「このクッキーを口から離さずに食べ切ると、恋が叶うんだって」

「わあ、素敵ですね！」

　クラスメイトの男の子に恋をしているアナベラちゃんは早速「やってみるわ！」と言い、挑戦し始めた。その姿が可愛くて、ついつい応援してしまう。

　意外と脆いようで、途中ひやひやしてしまったけれど、なんとか無事に食べ切った彼女を皆で拍手して称えた。彼女の恋が叶いますようにと、願わずにはいられない。

「わあ、アナベラちゃんのキャンディ、すっごく可愛い！」

「ジゼル様のクッキーは、味も美味しいですね」

それからも六人でお菓子を食べ、勉強の話から恋の話まで色々な話をしていく。もちろんエルとのお喋りも楽しいけれど、こうして女の子達と話をするのは違った楽しさがあり、胸が弾む。

誰と誰が付き合っているとか、噂話を聞くのもドキドキしてしまう。

そんな中、クラレンスとエルが教室へと入ってくるのが見えた。二人は先程から、先生に頼まれた仕事を手伝いに行っていたのだ。

正確にはエルが頼まれた仕事をクラレンスが代わりに手伝いに行った、だけれど。クラレンスはわたし以上に、エルを甘やかしている気がする。

「へえ、うまそうじゃん」

こちらへとまっすぐやってきたエルは、わたしの目の前に並ぶお菓子に目を落とした。誰よりも甘いものに目がないエルには、後で持っていこうと思っていたからちょうど良かった。

「わたし、まだ教室にいるから食べたいのいくつか持っていっていいよ」

そう声を掛ければ、エルはじっと真剣にお菓子を眺めている。そんな様子を見つめながら、クッキーを齧ってみる。やっぱり美味しい。

「それ、うまい？」

そうエルに尋ねられたわたしは、先程の恋が叶うという話をなんとなく意識してしまい、口から離さないままこくりと頷く。するとエルはそのまま顔を近づけてきたかと思うと、なんとぱくりとわたしが咥えていた棒クッキーを齧った。

「きゃあ！」

それを見ていた女の子達からは、悲鳴に似た声が上がる。エルの後ろにいたクラレンスは、ガタンと近くにあった椅子に思いきり躓（つまず）いていた。

わたしはというと、今しがた起こった出来事を理解しきれず、呆然と「へえ、うまいじゃん」なんて言っているエルを見上げることしかできない。

何より、先ほど唇を掠めた柔らかな感触は、間違いなくエルの唇だろう。

唇と唇が触れ合ったこと、それも大勢の人の前だったことを理解するのと同時に、一気に顔が火照っていくのがわかった。

こんなもの、皆の前でキスをしたのと何ら変わりはない。それに学園祭の時期以来、一度もエルとキスはしていなかった。

「な、な……」

「ん？」

動揺してしまい、言葉に詰まるわたしとは裏腹に、エルは涼しげな表情を浮かべている。わたしの隣に座っていたリネは、何故か両手を組み、「ああ……神様……」と呟いていた。

「く、口、当たって……」

「別に初めてじゃないんだし、いいだろ」

エルのそんな言葉に、周りは余計にざわついていく。どうして今、それを言うのだろうか。

わたしは恥ずかしさに耐え切れず、両手で顔を覆った。そもそも、あの日エルとキスをしたことを思い出すだけでも、未だに落ち着かなくなるのだ。

それなのにこんなこと、今のわたしに耐え切れるはずがなかった。

色々と限界を迎えたわたしは、ガタンと音を立てて立ち上がると、「エルのバカ！」と言い、逃げるようにして教室を後にしたのだった。

◇◇◇

「なに？　お前まだ怒ってんの？」

「…………」

「あれくらい、怒ることかよ」

「お、怒ることだよ！」

翌日。ちょうど今日から二連休のため、恥ずかしさで死にそうだったわたしは登校しなくて良いことに安堵しつつ、自室のベッドに倒れ込みじたばたとしていたのだけれど。

なんと昼過ぎに、元凶であるエルとユーインさんが突然やってきたのだ。

今日もいつも通り平然としているエルを見ると、何だか悔しい気持ちになってしまう。何より、やはり彼には反省する様子すらなかった。

「エルヴィスに用事があって来たついでにご挨拶をしに来たのですが、何かありましたか？　もしかして喧嘩をされたとか」

「多分、喧嘩ではないんですけど……」

エルの顔がまともに見れないわたしを見て、ユーインさんは首を傾げている。

「こいつが咥えてた菓子をそのまま食ったら、怒った」

「……それはそれは」

あっさりとそう言ってのけたエルに、ユーインさんは苦笑いを浮かべた。

わたしが「しかも、クラスの皆の前だったんです」と付け加えたところ、彼は呆れたように肩をすくめ、溜め息を吐いた。

「それは間違いなく、エルヴィスが悪いです。デリカシーがないにも程がある」

「お前までそんなこと言うのかよ」

どうやら、エルは本気で悪いことだと思っていないようだった。たまたま目の前にあったクッキーを食べてみたら、ちょっと口がぶつかったくらいにしか思っていないに違いない。

「絶対、広まってるよ……」

年頃の同年代の生徒達は皆、恋愛の噂をするのが好きなのだ。昨日のことだって、今頃は別のクラスにまで広まっているに違いない。

頭を抱えているわたしを見て、エルは何故か満足げな笑みを浮かべた。

「いいじゃん。むしろ好都合」

「ど、どうして……？」

「変な虫もつかなくなる」

「虫……？」

その言葉の意味がわからずにいると、ユーインさんは「なるほど」と言い、何故か彼もまた嬉しそうに微笑んだ。

「エルヴィスの気持ちもわかりますが、女性というのはムードというものをとても気にするんですよ。それに、そういうものは人前でするのではなく、二人の秘密として大切にするものです」

「そ、そうです！」

さすが、大人なユーインさんはわたしの気持ちもよくわかってくれているようだった。もちろん、エルと唇が触れ合ったこと自体は嫌ではないのだ。

ただ、人前だったのが恥ずかしかっただけ。

エルにもようやくそんな気持ちが伝わったのか、彼は「ふーん」と呟いて、感情の読めない瞳でわたしをじっと見つめた。

「悪かったな」

「う、うん」

「次はもっと上手くやる」

「……次？」

そんなよくわからないエルの言葉に対して、ユーインさんは「青春ですねえ」なんて言って、微笑んでいたのだった。

◇◇◇

それから二日後の放課後、わたしはエルの部屋でのんびりと過ごしていたのだけれど。ふと窓の外へと視線を向けると、そこには色鮮やかな茜色の空が広がっていた。

「わあ、すごく綺麗……！」

けれど近くの建物と重なっていて、少し隠れてしまっている。なんとかして見れないかと、窓の近くできょろきょろとしていたわたしに、エルは「見晴らしの良い所に連れて行ってやろうか」と声をかけてくれた。

誰よりも面倒臭がりなエルが、自らそんな親切なことを言い出してくれるなんて、明日は槍でも降るのだろうか。とは言え純粋に嬉しくて、わたしはすぐに首を縦に振った。

エルはわたしを軽々と抱き上げるとそのまま窓からふわりと飛んで、男子寮の屋上へと向かってくれた。やがて下ろしてくれた後、エルにお礼を言い、わたしは彼の手を引いて一番夕焼けがよく見える場所へと向かう。

手すりの前に並んで立つと、燃えるような夕焼けのあまりの美しさに、思わず溜め息が漏れた。少しずつ色が変わっていくその様子を、ずっと眺めていられそうだ。

「ねえ、エルも見て、」

エルにもこの感動を伝えたくて、何気なく隣のエルを見上げた瞬間。

唇が、重なっていた。

「………っ」

三日前に触れ合った時とは全く違うキスに、心臓が大きく跳ねる。エルの右手はしっかりと後頭部を押さえていて、戸惑うわたしを逃がしてはくれない。

やがて唇が離れた頃にはくらくらとしてしまっていて、突然のキスに対して文句ひとつ言う余裕すらない。そんなわたしを見て、エルは満足げな笑みを浮かべていた。

「二人きりなら良いんだろ？」

「そ、それは、」

「ちゃんとムードだって気にしてやったし」

「え、」

まさか突然ここへ連れてきてくれたのも、それが理由だったのだろうか。

確かにそうは言ったけれど、まさかこんなにもすぐ、その機会が訪れるとは思わなかった。

「あ、ありがとう……？」

「ん」

感謝しろ、と言わんばかりのエルの雰囲気に呑まれ、ついお礼まで言ってしまったけれど。ひとつだけ、気になったことがあった。

「……こないだわたしが怒ったから、やり直してくれたの？」

そう尋ねれば、エルは「まさか」と鼻で笑って。

「俺がしたかっただけだけど？」

そんなことを当たり前のように言ってのけたエルは、どうかしていると思う。それに対して嬉しいと思ってしまったわたしも、とっくにどうかしているのかもしれない。

Illustration TCB

今回も引き続きイラストを担当させていただきありがとうございます！　今作はジゼルとエルの関係性がより深まり、展開にワクワクするストーリーで最高でした…。

タラ先生のコミカライズも始動となり、そちらもとっても楽しみです！

コミカライズを担当しています、鷹来タラです。
『家逃げ』二巻
発売おめでとうございます!!
エルとジゼルに出会えて 2人を描けることが
本当に幸せです。
鷹来タラ

SQEX/ノベル

家から逃げ出したい私が、うっかり憧れの大魔法使い様を買ってしまったら 2

著者
琴子

イラストレーター
TCB

2021年12月 7 日　初版発行
2023年 1 月20日　2刷発行

発行人
松浦克義

発行所
株式会社スクウェア・エニックス
〒160−8430
東京都新宿区新宿6−27−30　新宿イーストサイドスクエア
（お問い合わせ）スクウェア・エニックス　サポートセンター
https://sqex.to/PUB

印刷所
中央精版印刷株式会社

担当編集
大友摩希子

装幀
小沼早苗（Gibbon）

この作品はフィクションです。
実在の人物・団体・事件などには、いっさい関係ありません。

ISBN978-4-7575-7623-0 C0093　Printed in Japan